NUNCA O NOME DO MENINO

NUNCA O NOME DO MENINO

ESTEVÃO AZEVEDO

1ª edição

EDITORA RECORD
RIO DE JANEIRO • SÃO PAULO
2016

CIP-BRASIL. CATALOGAÇÃO NA PUBLICAÇÃO
SINDICATO NACIONAL DOS EDITORES DE LIVROS, RJ

A899n
Azevedo, Estevão
Nunca o nome do menino / Estevão Azevedo. – 1ª ed. –
Rio de Janeiro: Record, 2016.

ISBN 978-85-01-07791-2

1. Romance brasileiro. I. Título.

16-32779
CDD: 869.3
CDU: 821.134.3(81)-3

Copyright © Estevão Azevedo, 2008, 2016

Ilustração de capa: Gizele/Shutterstock
Foto do autor: Ivson Miranda/Itaú Cultural

Todos os direitos reservados. Proibida a reprodução, armazenamento ou transmissão de partes deste livro, através de quaisquer meios, sem prévia autorização por escrito.

Texto revisado segundo o novo Acordo Ortográfico da Língua Portuguesa.

Direitos exclusivos desta edição reservados pela
EDITORA RECORD LTDA.
Rua Argentina, 171 – Rio de Janeiro, RJ – 20921-380 – Tel.: (21) 2585-2000.

Impresso no Brasil

ISBN 978-85-01-07791-2

Seja um leitor preferencial Record.
Cadastre-se e receba informações sobre nossos lançamentos e nossas promoções.

EDITORA AFILIADA

Atendimento e venda direta ao leitor:
mdireto@record.com.br ou (21) 2585-2002.

A vida é a hesitação entre uma exclamação e uma interrogação. Na dúvida, há sempre um ponto final.

Fernando Pessoa, O livro do desassossego

Não ser um homem, ser a projeção de um sonho de outro homem, que humilhação incomparável, que vertigem!

Jorge Luis Borges, As ruínas circulares

O drama começou quando eu, ao perceber que era personagem de um livro, amputei o dedo mínimo da mão esquerda, imaginando com isso arrancar pelo menos algumas letras das palavras que me descreviam — o que dificultaria a leitura e me possibilitaria, talvez, morrer. A minha existência sempre fora uma sucessão de armadilhas, mas, sem o saber, eu vivera por muito tempo como se os acontecimentos fossem jogados diante dos meus sapatos pela mão trêmula do acaso. Também por meus atos, às vezes, em uma relação de *faça e arque com as consequências*, mas nada, nunca, nada além disso. Se agora o digo, é apenas porque o jogo de insubmissão, de se desviar de um destino traçado linha a linha em cadernos de folhas amareladas, com caligrafia quase ilegível, esse jogo seguramente agrada ao meu autor. É como se suas mãos se movessem e criassem, mas, em alguns lapsos de atenção, o percurso em azul ou vermelho se construísse sem que sua vontade tivesse — ou quisesse ter — o controle. Essa possibilidade eu não suporto nem imaginar: que até meus motins são presentes seus. Que na cozinha de azulejos obsessivamente asseados, concebida por ele, o movimento da faca, o jorro de sangue, o grito que eu segurava somente porque sabia que a liberdade deveria mesmo ser dolorosa, que tudo isso fosse apenas fruto de sua imaginação. Esse pensamento é que fazia o ferimento latejar, não a memória da lâmina. Algum resultado tal ardil alcançou. Nos dias — ou semanas? — seguintes, convalesci, imóvel, sem nada fazer, por um tempo certamente maior do que o necessário. Faltaram-lhe — fruto ansiado de meu ato — as palavras para prosseguir? Ou essa pausa nada mais seria do que uma necessidade da narrativa, uma questão estrutural? Não importa. Com a mesma faca, arranquei uma tira do pano de prato e enrolei onde antes estivera o dedo, com força, tentando estancar o sangue. A mão esquerda fugia de meu controle, tremia, agitava-se, dificultava a confecção do curativo. Minha vontade era deitar e dormir. Não me importava tanto com a mão a ponto de ir a um hospital. Sabia que, com uma boa explicação, com uma razão verossímil qualquer, era capaz até de meu dedo reaparecer, de repente, colado à mão em que sempre estivera. Tampouco pensei que algo deveria ser feito com o dedo, inerte na pia, como uma larva morta. Queria apenas dormir, esquecer-me de mim, por uns instantes e, quem sabe, para sempre, se assim o quisessem. Eu pouco sonhava, porque os sonhos, na minha situação, só nasciam se fossem facilmente relacionáveis com algo que havia acontecido no meu passado ou com algo que aconteceria no futuro. Não era artifício que se poderia chamar de original, longe disso, no meu gênero, para meu público, mas por que diabos ele se recusava a utilizá-lo se sabia que, para mim, cruzar uma infinidade de noites, algumas bem longas, esperando que se acabassem capítulos nos quais eu não era necessária, uma infinidade de noites sem sonhar, era praticamente o mesmo que morrer, o que eu só viria a desejar muito mais tarde? Por um reconhecimento que ele nunca obterá, e que eu me esforçarei para que nunca obtenha, privou-me de noites de sonhos. Se fugissem, os personagens sempre acabariam com seus criadores. Qual foi meu primeiro parágrafo?

• • •

Certa vez, três pedras voaram na direção da porta da casa do taxista, nela se chocaram, com algum estrondo, e foram parar, as duas que não se esfarelaram, no pequeno jardim malcuidado que havia adiante. Sentada no muro de minha casa, duas à direita dessa, eu vi a trajetória que fizeram, acompanhei surpresa e sem entender a mão que as arremessou, minto, o braço todo e seu dono, um menino que eu nunca havia visto, mas por quem já criara antipatia imediatamente, correndo e se escondendo atrás do velho Del Rey prata, que havia muito não rodava e nem pneus mais tinha. Eu havia recém-completado doze anos. Ele só me avistou depois que, sentindo-se seguro atrás da fortaleza de aço enferrujado apoiada sobre quatro paralelepípedos, teve coragem de mirar entre os vidros do carro, milagrosamente salvos, até então, de pedras que voavam para lá e para cá das mãos de meninos como ele. O que ele queria era saber se surgiria, de detrás da porta possivelmente lascada e agora aberta, o velho taxista, um senhor que minha mãe conhecia e com quem conversava algumas vezes, do portão, sempre compartilhando reclamações genéricas sobre o bairro, que não seriam outras ainda que a vizinhança fosse mais rica do que aquela, menos povoada de crianças que jogavam taco na rua e faziam algazarra. Compartilhar muxoxos é a forma mais simples de sociabilidade, eu aprendi. E o senhor, com algumas mechas de cabelo acinzentado ladeando uma careca não muito lisa, com uma camisa curta demais e que permitia entrever uma parte de sua barriga, realmente apareceu. Esfregou os dedos na madeira branca da porta, agora com três manchas avermelhadas, cor de terra, e começou a investigar a rua, num simples movimento de cabeça, da direita para a esquerda, como um caçador experiente, sem pressa, esperando avistar, camuflada em um arbusto, uma presa que, caso ele se distraísse, acabaria por virar seu predador. Quando já havia esquadrinhado tudo o que era possível a partir do ponto onde estava, ele me viu. O olhar do menino, pela fresta do vidro, seguia o do velho, na tentativa de adivinhar se já fora avistado. Foi quando ele se deu conta de que o velho me olhava. Certamente não passava pela cabeça daquele senhor que uma garotinha como eu, sentada no muro, filha de sua vizinha, vestida como personagem de conto de fadas, fosse capaz de arremessar pedras na porta de alguém. O que ele esperava de mim era ao menos uma denúncia, uma cumplicidade emburrada ou indignada que os anos de convívio com minha mãe poderiam lhe haver feito crer que fosse algo de família. Nesse instante, o menino me examinou com um sorriso tímido que era ao mesmo tempo um pedido, cheio de terror da possibilidade de ser apanhado, e uma troca de juras de amizade, como quem dissesse "quem passa por isso junto permanece junto". Eu o olhei por um instante, movendo pouco a cabeça para que o velho não visse, e com a mão que meu corpo ocultava, para quem me olhasse desde onde estava o menino, fiz o que se esperaria de uma menina de doze anos que ainda não havia descoberto nada de agradável no sexo oposto: apontei em sua direção. O velho, acostumado à selva do trânsito, depois de anos de buzinadas, freadas e longas conversas de carro para carro, soube ler um sinal discreto e dissimulado como o meu e caminhou decidido em direção ao Del Rey. Era mesmo um Del Rey? Poucos anos depois, em uma história de adolescência, o velho carro abandonado ainda estava lá, mas dessa vez eu juraria que era uma velha Brasília, ocre. Eu não me movi do muro e fingi não dar atenção à cena quando o velho agarrou o menino pelo braço, antes que ele pudesse correr, desprevenido que estava. Enquanto o velho caminhava, levando-o quase arrastado em direção a uma rua próxima, na qual, eu descobriria mais tarde, o menino morava, eu ainda vi um rosto já de choro virar em minha direção. Por muito tempo, depois desse dia, eu me perguntei se o olhar era de ódio ou se ele, sem saber que eu o delatara, imaginava encontrar em mim algum alívio para aquela pequena enrascada infantil. Uma certeza que me veio imediatamente, quando tudo começou a se desenrolar naquele dia, era a de que eu havia cumprido perfeitamente meu papel.

• • •

Esse episódio me veio à mente no primeiro instante em que, depois de longa e incessante dor, com a qual eu só podia conviver graças à ausência de trégua, o ferimento se acalmou.

Antes dessa lembrança, eu tinha outras, um braço quebrado aos cinco anos, um castigo imposto por minha mãe aos sete, o primeiro cachorro, que fugiu e foi encontrado milagrosamente, vivendo no meu bairro, um ano e meio depois. Mas essas memórias de criança vinham tão envoltas numa bruma, e desarticuladas, ilhadas em um mar de inexistência, que eu não estava muito certa de ser apenas imaginação. Minha? Não, eu sei. Mas não sabia antes. De todo modo, não me parecia uma época importante, e não era, pois caso o fosse certamente os eventos desse período estariam desenhados nitidamente em minha cabeça. O que merece ser contado ou vem à memória ou inventa-se. O engraçado é que, mais velha, depois dos vinte, já no tempo de ter as próprias ideias, eu acreditei que as pessoas buscassem, consciente ou inconscientemente, onde quer que fosse, apenas fazer parte de uma grande história que desse um sentido às suas vidinhas. Uns encontravam essa história na religião. Eram personagens principais de seu subenredo particular, parte de uma trama maior, na qual um dos protagonistas, numa das primeiras cenas, caminha sobre águas. O autor dessa trama era evidente, ainda que invisível, e também personagem, o que explica bastante coisa. Eu também acreditei estar nesse romance, e por muito tempo isso me bastou. O padre de minha catequese, além disso, confiava em fazer parte de instituição muito antiga e importante, funcionário público de um governo dos céus. A angústia de não me encaixar em nada, de não saber como minha vida estava ligada à dos outros, nasceu ao descobrir que esse enredo não era assim tão divino e fora em grande parte escrito por homens como o próprio padre, ao longo de muitos séculos. Mais tarde, busquei num divã uma narrativa que me desse sentido. Precisei de alguém que, analisando meus acasos, me ajudasse a escrever por conta própria uma história ligando os pontos de uma vida desconexa. Os fatos de hoje tinham pontos de partida traumáticos na infância, na relação com pai e mãe. Eu me esforçava para lembrar, na esperança de ter realmente algum grande problema que me possibilitasse e me obrigasse a seguir em frente. O analista, Sherazade às avessas, escutava a cada sessão um elo dessa minha longa corrente de fábulas, para que eu, a paciente, na ânsia de conhecer o próximo elo, não morresse. O que todo mundo busca é o alívio de enfim virar narrativa. O que não sabem é que eu, quando me vi em estado puro de escritura, quando descobri minhas veias como longa escrita cursiva, meus olhos como puro adjetivo, meu sangue como nanquim, minhas contradições, oximoros, meus poros, pontos finais, minha pele, metáfora, e meu desejo, hipérbole, quando o momento máximo de autoconhecimento não foi mais que uma peripécia, a angústia então foi tanta e tão intensa e tão romântica que pela primeira vez desejei, mesmo sendo excessivamente feliz, morrer.

• • •

A minha história com o menino, menino que eu obviamente veria outras vezes, também foi de manual. Manual de como não se deve escrever uma história, sob pena de ser tachada de piegas, banal, inverossímil, de tão bem encaixada. Ora, o que efetivamente acontece por aí, o que a gente ouve, vê e lê, não é, tantas vezes, ainda mais inverossímil do que o que um artista pode inventar, com o mesmo conteúdo? Se a vida real virasse novela, seria uma de péssima qualidade — de um personagem o que se exige, quase sempre, é que seja personagem e não pessoa real. Assim eu segui com o menino, enquanto ainda não sabia de tudo. Dois anos depois do dia das pedras, nós começamos a frequentar a mesma escola. Aí foi que descobrimos: tínhamos praticamente a mesma idade. A criancice que eu vira nele, naquele dia do passado, talvez ele também houvesse visto em mim, pensei perturbada, eu que me achava sempre tão madura. Eu ainda guardava comigo um resquício de ódio, um gosto amargo quase imperceptível, no pensamento, quando o vi entrar na classe e sentar-se a alguns metros de mim. Ele não me notou de pronto, mas não demorou muito para que, explorando sua nova turma, reparasse em mim e desviasse o olhar. Fizemos o que crianças de catorze anos fariam: nos ignoramos e, diante dos amigos, nos maldissemos fingindo indiferença planejada e desconhecimento mútuo. Nenhum de nós, eu soube depois, confessava que já nos havíamos encontrado. Hoje eu vejo que duas opções se desenhavam: ou eu seria a aluna comportada e estudiosa, de boas notas (eu era) e boa família, e ele, o garoto desajustado, perseguido pelos professores, com problemas em casa, rebelde, líder do grupo que nós, garotas, sonharíamos namorar e que nossas mães detestariam; ou então seríamos ambos alunos de destaque, eu, talvez, em português, ele, em matemática, e competiríamos, prova a prova, mérito a mérito, elogio a elogio, para ser o mais querido e promissor do pequeno colégio. Qualquer que fosse o desenrolar dessa relação, todos acertariam quando sorrissem com desdém, sentindo-se realmente inteligentes por perceberem algo que todos com o mínimo de contato com fábulas, contos de fadas, livros ou filmes também já teriam percebido: no futuro, serão amantes.

∙ ∙ ∙

De que adianta morrer se na memória de alguns eu serei sempre atemporal? Da maneira que vivo, com a vida ordinária que ele me dá, não há muitos que se lembrarão de mim. Para os que não se importam comigo, eu não tenho relação alguma com o mundo de fora da linguagem, não sou mais que palavras. Só palavras: eu, tudo que vivi, todos que conheci, todo o meu fio de frases que uma Moira segue tecendo e que tento, usurpando o papel da outra Moira, cortar para enfim me libertar. Morrer, para mim, será encostar-se a alguma estante empoeirada, entre irmãos, e esperar até que os insetos ou a umidade finalmente me devorem. Caso algum outro encontre em mim os méritos que ele, meu autor preferido, meu autor odiado, meu único autor, talvez nem veja, um potencial encoberto por suas limitações, esse outro poderia me ressuscitar, como uma dama de companhia anacrônica, uma escrava, uma mulher em um futuro distante ou ainda como eu mesma, protagonista, mas fazendo o que ele não me permitira fazer — sendo finalmente alguém que valesse a pena ser. Não espero que isso aconteça, nem todos têm a sorte de Fedra. Os grandes, estes sim, são sempre retirados do altar onde descansam e reanimados. Esmagados sob o altar, mortos, sustentando-o, há infinitos esquecidos, como eu um dia serei. Mesmo que a morte não sirva para que meu corpo ressurja, sob outra pena mais nobre, entre as margens de uma folha, um dia emoldurada e reverenciada como semente de uma grande obra; ainda que o que me espere, depois que eu apague meus traços, violente minha descrição, subverta minha sintaxe a ponto de não ser mais possível ler-me, ainda que esse seja meu fim, é melhor que me manter sob o jugo de uma imaginação nada mais que comum.

• • •

Se a um outro coubesse inventar como é que o amor nasce, como se faz de um rancor, de uma mágoa, como é capaz de gerar, até mesmo de um malquerer ou de uma ausência doída, uma presença ansiada, o que, enfim, diria um outro que criasse em algum pensamento essa fome carnívora de afeto? Eu, se a escrevesse, como a contaria? Não quero. Não cometeria os crimes dos quais já fui vítima, mesmo se um escravo, podendo, se coloca de pronto na posição de senhor e chicoteia seu ex-companheiro de agruras e monta-lhe nas costas. Sou de um outro tipo de escravo, o que finge dignidade e usa as roupas íntimas da resignação, o que só ousa cortar um dedo porque nos pés lhe restam dez e nas mãos nove são mais do que suficientes. Uma marionete não necessita de dedos, a habilidade de quem estica, afrouxa, balança as cordas é que é rainha de seu êxito, guia de sua atuação. De onde nasceria o amor, se um mestre o escrevesse? Não o falso amor por um médico qualquer do interior, fruto do tédio de uma menina, que acabaria por se transformar em tragédia. Não o amor de uma senhora casada, beirando a sandice, que coloca o amor pelo preceptor de seus filhos em altar mais digno de devoção que o amor pelos próprios filhos. Não, o amor como o que eu cheguei a sentir, muitos anos depois, por aquele menino. Provavelmente não o escreveria, sob o risco de terminar em folhetim de qualidade duvidosa. Porém, alguém o fez. E uma narrativa, uma vez escrita, fica gravada na pedra, e só os ventos devastadores do desinteresse ou um cataclismo tão grande que destrua até mesmo seu valor como retrato de costumes, justificável apenas pelo pó que traz sobre si, só acontecimentos de tal magnitude podem presenteá-la com o esquecimento. A minha não constará de nenhum panteão, tampouco é tão corajosamente detestável que não encontre, lá e cá, um pobre infeliz perdido que, tendo de escolher entre uma bula, uma edição velha e sem capa de revista sobre personalidades e um cartão de santo Expedito, opte por mim e insufle em meus pulmões um ar que me permita, a contragosto, seguir existindo. O que dizia, então, meu enredo: que eu o encontraria?, eu com dezessete, ele, dezesseis, em uma fila de retirada de boletim, onde passaríamos trinta e cinco minutos fingindo não nos ver?, ele logo atrás, eu sentindo, a cada respiração, um sopro morno que vinha morrer exatamente onde minha nuca trazia uma pelugem demasiado fina para proteger minha pele desse veneno impalpável?; que após esse tempo de combate tácito, eu totalmente às cegas, ele desejando estar, em um momento de fraqueza eu me descuidaria do corpo cansado da espera, o meu braço tanto tempo tenso desistiria da luta e se esticaria, querendo um alívio, mas justo para trás? e tocaria com o dorso da mão sua perna, ele muito mais alto do que eu nessa idade, e que, não bastasse essa ousadia involuntária, enzima catalisadora de ódio, eu me virasse para fustigá-lo com um olhar treinado durante anos na péssima aprendizagem de ser mulher, incutindo-o de uma culpa que ele não tinha por aquele contato? e que ele, acostumado a se submeter, em silêncio, àquela dominação silenciosa que eu lhe impunha, desde o primeiro encontro na escola, dessa vez não suportaria o ferimento indolor que meu olhar lhe causava e o sangue imaginário que dele escorria, pelo seu pescoço, e que o impelia a enfim se libertar do torpor a que minha presença lhe obrigava, a contragosto?; que seguraria com apenas uma das mãos o meu pulso, e o calafrio que eu sentia por crer, no primeiro segundo, que ele me pagava com carinho tudo o que eu lhe fizera, sensação que durou não mais que um instante e que logo seria substituída pela dor que seus dedos tatuavam em meu pulso, que ele por fim arremessaria para a frente, quando a senhora que estava atrás do balcão chamasse meu nome pela terceira vez?

Isso tudo eu não me lembro bem se foi dito, se dessa maneira. Meu passado, quando o rememoro, é algo que se escreve sempre em direção ao futuro, são linhas que vão se construindo à minha frente, que não existiam e que brotaram de outra imaginação para explicar algo que ainda nem havia acontecido; ou que havia ficado sem sentido. Se me lembro de algo, esse algo de que me lembro sempre surge, bem descrito, logo após a descrição do próprio ato de lembrar. Se essa retomada do passado não é necessária, se basta que eu formule um "eu me lembro disso", ou que alguém formule, por mim, um "ela se lembra daquilo", se só a mera referência é suficiente, desconfie: a *petite madeleine* não é minha. Não se trata absolutamente de mim; não querem que eu vá ao passado e encontre algo remoto.

Querem, isto sim, que um dos pobres de espírito que insistem em me acompanhar em sua criação retroceda algumas páginas e corrija assim sua leitura desatenta.

• • •

Um dedo de luz empurrou meus cílios longos, de mulher que derrota amantes, e minhas pálpebras seguiram seu impulso: era um dia depois de quantos? Meu estômago: alguns. Mas quantos? Além da fraqueza da fome, uma exploração de minhas conexões nervosas, da planta dos pés ao couro cabeludo, onde as raízes já eram um pouco mais escuras que o amadeirado dos fios, apontava apenas para um desconforto de quem permaneceu deitada por mais tempo do que deveria e um latejar na mão esquerda. Meu dedo dói, pensei. Não, o dedo não pode mais ser, sorri. Havia um curativo, quase limpo, onde antes um trapo rubro embalsamava uma falange cuja construção parecia haver sido abortada antes que o dedo se esticasse por completo, qual um vegetal em desenvolvimento bruscamente detido. Busquei ao meu redor indícios de que eu houvesse, talvez em delírio febril, me levantado, buscado as ferramentas — uma gaze limpa, esparadrapos, uma tesourinha, talvez a de unha na gaveta do criado-mudo?, álcool ou outro antisséptico — e refeito o curativo. Sobre o carpete já gasto, já mais cheio de poros que de pelos, apenas pó de muitos meses sem limpeza. Sem me levantar, abri a gaveta do criado-mudo e, aí sim, lá estava a pequena tesoura, bem fechada, quase enterrada sob uma caixa de lenços. Na cama, nada além do meu corpo, de um lençol bastante amassado, talvez exprimindo em suas contorções as marcas da dor que eu dormindo não pudera exprimir, e de algumas manchas de sangue cuja origem eu busquei, ainda fraca demais para pensar, levando a mão entre as coxas, sem sucesso. Alguma visita inesperada, discreta e bastante caridosa, eu decidi sem interesse, levantando-me e adiando qualquer investigação mais minuciosa. O importante agora era ir à cozinha e vasculhar, entre as embalagens vencidas havia meses, algo cujo cheiro não fosse repugnante o suficiente para me impedir de comê-lo.

Antes de eu abrir a geladeira, antes, ainda, de chegar à cozinha, quando apenas deixei o corredor estreito, sem quadros, que ligava a sala ao banheiro e ao quarto, havia já um odor insuportável. Se é da geladeira, adeus refeição. Eu estava atordoada de uma maneira nova, diferente de como eu me sentia quando despertava sem saber onde estava, algumas vezes sem saber o nome do ser desmaiado cujo braço inerte me enlaçava, e lembrando o vaivém das garrafas da noite anterior apenas por causa do cheiro de minha própria pele expurgando o excesso de álcool. Por isso, nem pensei no óbvio, óbvio que se materializaria, para meu espanto, na forma de um dedo em início de decomposição, parado na pia, apontando meio comicamente uma parede da cuba prateada, onde não havia nada a apontar, nem mesmo um resto de comida. A fome se foi junto com o dedo, que eu não tive coragem de tocar — tocar-me, nesse caso?, a gramática não prevê essas situações; foram juntos na pequena pá, o dedo e a fome, para o lixo da cozinha, que por si só já não fazia lembrar damas-da-noite ou incensos, mas que, diferentemente da cozinha, ainda dominada pelo futuro cheiro de meu corpo, quando este, enfim, seguisse o dedo em seu destino, não me obrigava a levar as mãos ao nariz. Caso se comparasse o que o dedo causara na cozinha com o interior daquele cesto, enfiá-lo na cabeça e seguir pela casa com tal capacete não seria mesmo tão má ideia. Porém, quem usufruía desse privilégio naquele momento, o de estar apartado do ar que cheirava a carne estragada, era o dedo, e não eu. Só me restou abrir as janelas, deixar a água correr pela pia e apagar com um pano úmido as manchas de sangue coagulado do piso cerâmico. Meia hora depois, com o saco plástico já devidamente oferecido aos vizinhos através do cesto de lixo coletivo na escada de incêndio, o apartamento já era um lugar onde se poderia respirar. Meu estômago, percebendo o conforto dos outros inquilinos do meu corpo — as narinas, os pulmões —, voltou também ao trabalho, e a fome veio avassaladora.

Pedi ao homem do outro lado da linha uma pizza.

Aliado à fome, havia ali um estratagema. Quando o interfone tocasse, "pode subir", o elevador chegasse ao meu andar e a figura vestida de uniforme, com sacolas na mão, trazendo inocentemente minha comida, estivesse frente a frente comigo, eu poderia tentar desvendar, através de uma pequena traição sua, um diálogo demasiado correto, com tintas de literatura, ou um interesse acima do comum por uma mera cliente, eu poderia com qualquer deslize desvendar se eu estava ou não, naquele momento que eu acreditava decisivo, sob os olhos atentos do autor que eu não via. Se, ao me ver oferecer a mão direita, escolhida por ser a do braço mais forte para carregar a garrafa de bebida, e, para a pizza, a esquerda, com panos e esparadrapos onde deveria haver um dedo, ainda que o mínimo, se ele se espantasse e fosse além do que o decoro das relações em metrópoles permite, um "que pena, tá machucada", um "melhoras!", dizendo, talvez, que fora médico antes de perder tudo na vida, em uma dessas crises que fazem de arquitetos, taxistas, de professores, ambulantes, e se ele se oferecesse para me examinar, aí então a falta de qualidade da cena denunciaria a marionete do ditador de meu destino. Ou, ainda, se ao me ver em roupas quase íntimas, ainda que amassadas e com algumas manchas não identificáveis de sangue, sem que eu sorrisse, piscasse, ou pedisse que ele, somente ele e nenhum outro me entregasse toda e qualquer pizza futura, se ele então antes de partir me segurasse pelo braço, cuidando para não tocar o ferimento, e tentasse me beijar, intenção à qual eu não resistiria já que ele seria de uma beleza tão incomum e sonhada, se tudo isso acontecesse, tal realização dos sonhos de toda e qualquer mulher solteira e carente seria tão improvável que ficaria evidente a presença de um personagem de narrativa erótica de quinta categoria. Eu o subestimei. O garoto ensaiou, até, uma postura de sedutor experimentado, que só precisa de um sorriso, mas tinha sob o nariz uma pelugem rala de fim de adolescência. Notou, com um olhar rapidamente desviado, minha mão esquerda. Entregou a pizza, agradeceu a mísera moeda que eu lhe deixei, apenas para poder bater mais depressa a porta em sua cara, e partiu. Era ruim e desprovido de interesse, como eu imaginava que fosse qualquer um que ele criasse, mas não tinha nem teria, parecia-me, papel nenhum em minha vida. Se foi premeditado, esteve muito bem disfarçado.

・・・

No dia seguinte, eu ainda me angustiava com a felicidade de finalmente conseguir, na primeira tarde de férias, o tempo livre com o qual dias antes eu sonhara, sem ter a menor ideia do que fazer com ele.

"Leia alguma coisa, vá para o quintal, arrume qualquer coisa pra fazer", dizia minha mãe, talvez imaginando que eu fosse ainda a menina que se sentava no muro e assistia dali à vida do bairro a fluir.

Eu ia para o quarto e parava na janela, a olhar para a rua, povoando de tédio o mundo rotineiro que outrora a imaginação de criança se acostumara a povoar de curiosidades. Eu era uma mulher, então, e tinha vergonha de estar no muro, ociosa, vulnerável. A janela era mirante menos questionável. O velho Del Rey não estava mais ali, mas curiosamente outra carcaça ocupava seu espaço, muito mais corroída que a do antigo morador daquele pedaço de rua; um Uno, cores indefinidas, ferrugem, preto, prata, sem pneus e portas e com algumas garrafas, papéis velhos e muitas outras espécies de lixo a impedir que as crianças o utilizassem como esconderijo no esconde-esconde. Duas casas à direita, onde antes habitara o velho taxista, havia agora um salão de beleza, enorme para os padrões do bairro. O taxista fizera uma última viagem. Não, nada de morte, embora o que aconteceu talvez não esteja assim tão longe do esgotamento dessa expressão. Já nos cansamos de histórias demasiado felizes, não? Em que a felicidade é tão avassaladora e escorre para tantos lados que acaba por afogar a própria vida, que se torna rasa, simples, quase demente. E o pior: eu só soube de tudo porque ele mesmo o contara, com alguns detalhes, a minha mãe, que me retransmitiu indignada, pensando em me fazer mais prevenida no contato com velhos dali em diante. Faz tanto tempo, agora, que os detalhes desse conto eu não sei se inventei. Não sei se preenchi as lacunas de minha mãe com desejos meus. O fato é que era realmente sua última viagem de taxista. Apanhou uma moça, não tão jovem, nada jovem, está bem, uma senhora, mas que o taxista chamou de moça porque era como fazia mesmo quando a passageira era mais velha do que ele, sabe como é, cliente contente sempre procura a gente. A moça portava um vestido que fora prata um dia. Na retina do taxista, quando as imagens de suas pernas — batatas inchadas sob meias-calças de fio grosso, como as minhas — desapareceram, um vestido de um cinza apagado veio se gravar. A medida milimétrica da cintura, a saber, cinturinha fina ou ancas largas, ele não pôde apreender, havia pacotes obstruindo sua visão. Acredita, filha, que ele comentou até disso? Na verdade não me lembro. Ele era motorista dos mais hábeis, capaz de olhar a silhueta da garota que atravessava na faixa com um dos olhos e acompanhar o ciclo maçante do semáforo com o outro; essa investigação imperceptível da moça no banco do passageiro para ele era simples. E como em um conto de fadas suburbano, daqueles de vender milhares de cópias em bancas de jornal, desde que com nome de mulher na lombada e foto de casal semivestido na capa, ela, feliz porque, se o príncipe não viera de cavalo branco, ao menos viera de Passat dessa mesma cor, no outro caso seria leitura de criança; ele, contente porque com seus cinquenta e sete anos e uma única história de amor, à qual, quando indagado, superestimando-a, dava o nome de casamento e acrescentava seis anos além dos pouquíssimos que durara, querendo parecer emocionalmente vivido, ele, taxista com um carro que nem mesmo era seu, fora objeto de atenção um pouco desmedida, ele pensava, de uma mulher que, se não era parecida com as que ele imaginava quando se masturbava, ao menos era honesta e alguém com quem ele poderia finalmente frequentar os lugares que sempre sonhara, mas aos quais nunca tivera coragem de ir sozinho, como as pizzarias rodízio e os shopping centers. Nessa mesma noite e até quando eu soube, o taxista e a moça uniram, numa nova juventude, de pouco fôlego, seus corpos decadentes, e o Passat branco nunca mais rodou com uma placa luminosa sobre o teto, pois eu tenho minhas rendas e são pra nós dois e você tem tino pra negócios e deve gerenciar sua própria frota e...

Sua antiga casa deu um bom salão, e foi nele que eu, anos depois, num momento de fúria, pedi à morena de sobrancelha fictícia, cabeleireira ("estilista capilar, cabeleireiro é fundo de quintal") excessivamente prestativa e transbordante de ideias, que abandonasse as tintas, desprezasse a tesoura, renegasse a mesura e raspasse logo bem rente ao couro meus cabelos amadeirados, que afinal combinaram tão bem com a cor do assoalho, no que ela não concordou, pois varreu dali simultaneamente as mechas e quem fora sua dona.

Meu olhar passeava pela rua conhecida. O velho carro corroído. A casa, cuja porta e suas inúmeras camadas de tinta não escondiam as marcas havia muito desaparecidas das pedradas: a porta palimpsesto de memórias. E, necessariamente, o menino, que nem de memórias longínquas dependia para estar constantemente na minha imaginação, depois de haver tingido minha pele com seus dedos dois dias atrás: a pele palimpsesto de carícias. Necessariamente o menino, como imagem indestrutível que a idade também não apagaria. Mas o menino lembrança, não o menino quase um homem, presente, com ar de nervoso, pisando as calçadas, olhando detidamente para a porta da casa do velho taxista, por certo rememorando uma malfadada aventura, não o menino passando diante da carcaça do Uno, o menino lembrança seria a sequência natural da cadeia de pensamentos, a casa, o carro, o menino, não o menino, já não tão menino, parado diante do meu jardim e me observando a mirá-lo da janela.

"Oi..."

"Oi", eu respondi, no instante limite do silêncio.

"Você não pode descer?", ele falou, com a postura recomposta, como quem se ergue depois de um murro.

"Posso... pra quê?", perguntei tremendo, com medo de que ele não me respondesse algo convincente o suficiente para me fazer descer e levar a níveis insuperáveis a tão desejada angústia de enfrentá-lo.

"É que no outro dia..."

"Me espera aí!", eu gritei, lançando a frase da janela, com medo de que ele pusesse tudo a perder, pedindo-me somente desculpas, como se houvesse sido um mal-entendido, ou que iniciasse o confronto antes que estivéssemos próximos o suficiente para nos batermos ou abraçarmos. Eu troquei depressa a camisa de flanela do pijama por uma camiseta vermelha, confortável, um pouco puída, fiquei com a calça, era quadriculada e colorida e compunha bem com o resto — metade displicente, metade vaidosa —, e corri escada abaixo com os chinelos de dedo. Quando eu abri o portãozinho de ferro alaranjado, ele não recuou. Eu desviei dele, como uma lua que em um dos seus giros deixasse para trás uma terra estupefata e seguisse sua viagem por outros sistemas, sem a companhia de quem até então lhe justificara o movimento. Ele não se moveu. Eu apoiei o pé numa ranhura, as mãos no muro, e sem muito esforço já estava sentada no alto, olhando-o.

"Por que você me trata dessa maneira esquisita?", ele perguntou. Eu permaneci em silêncio.

"Hein... por quê?", ele insistiu, deixando claro que após essa última palavra não viria nenhuma outra, talvez atrasada por um suspiro que eu não percebia, por uma hesitação que eu não notava, por um efeito retórico que ele não era bom jogador o suficiente para usar, e me dizendo, sem dizer, que eu deixasse de pensar que seria ele quem daria uma especificidade, ainda que no mundo da linguagem, a algo que nenhum de nós dois compreendia bem.

"Por causa do sinal...", eu disse baixinho, mais para mim mesma do que para ele.

"Sinal?"

"O sinal pro velho...", respondi, apontando para o salão de beleza, onde, ao lado da porta, havia um cartaz que mostrava um rosto de mulher com cabelos esvoaçantes.

"O taxista?"

"Isso. É porque eu mostrei pra ele onde você tava que você me odeia, né?"

"Eu? Não te odeio. Ou melhor, não sei. E nem sabia que naquele dia você tinha me entregado", ele respondeu, surpreso, um pouco perdido dentro de sua cabeça. Agora era ele que falava para si, e eu me senti amada por ser capaz de fazê-lo se sentir bem dentro de sua própria concha, mesmo comigo inimiga ali ao seu lado, sobre o muro, mesmo com uma mulher de óculos de sol enormes com a cabeça para fora da janela a buzinar na porta do salão para que a amiga a quem viera buscar escutasse, mesmo com o taxista arrastando-o pelo braço, na frente da menina que ele quisera impressionar com uma prova completamente amalucada de coragem, e que agora por certo o consideraria um nenê por estar chorando.

• • •

Fiz um balanço da minha situação. A pizza havia acabado com a fome. O apartamento, com exceção da cozinha, era um caos. As caixas de papelão, quadradas, junte dez e ganhe uma, estavam empilhadas ao lado da poltrona laranja — a cozinha, agora, era o último bastião da civilidade sanitária no apartamento, por isso os restos do jantar não foram para lá, ficaram entre a poltrona laranja de braços gastos e o móvel onde deveria haver uma televisão, que nunca houve. O dedo latejava bastante e pela primeira vez eu pensei que deveria pedir ajuda. Um lento processo de decomposição, a começar da base do dedo mínimo da mão esquerda, passando para a palma da mão, o pulso e seu cordão de palha com uma única concha pequena o enfeitando, percorrendo toda a extensão do braço esquerdo, chegando enfim ao peito, corroendo todo o tronco, palitando os dentes com a alma, mastigando um órgão secundário qualquer, então um órgão vital, o coração, todos apodrecendo, até a morte chegar enfim a esse apartamento — esse processo demoraria demais, tempo que se estenderia por muitas linhas, capítulos talvez, e a comoção causada talvez justificasse uma reviravolta médica ou mística no meio do caminho, que me salvaria do destino certo e me colocaria em um novo livro, uma sequência absurda e ainda mais piegas, na qual eu, primeiro, passearia por aí numa cadeira de rodas e, em seguida, após anos de fisioterapia e superação pessoal inimaginável, daquelas de ser convidada para programas de televisão da pior qualidade, voltaria a andar e justificaria um terceiro volume, em que finalmente seria feliz no amor, no trabalho e nos jantares de família. Melhor pedir ajuda logo e evitar o pior, isto é, correr o risco de atrair o holofote da compaixão sobre mim. Mas quem? Um hospital implicaria responder perguntas e despertar suspeitas que eu não seria capaz de dirimir. Não sou muito boa na invenção. Boa noite, clínica geral ou ortopedia? Hum, qual cuida de amputação? Perdão, senhora? Amputação, perder algo, um dedo, por exemplo. Aí eu repousaria a mão sobre o balcão, didaticamente, e nesse momento talvez ela se assustasse. Tranquilo, nem dói mais tanto. Calma! Vou chamar a emergência, sente ali naquela cadeira, deite ali naquela maca, enfermeira! enfermeira! Ah, deitar não, fiquei deitada uns três dias, chega. Eu terminaria em uma camisa de força, com certeza.

 Talvez pensassem que fora um namorado, um marido, um amante. Diante de minha negativa, concluiriam que eu morria era de medo de denunciar, que tem de prender um cara desses, que onde já se viu, que a gente pensa que o homem evoluiu, mas continua sendo mesmo um animal, um macaco cheio de teoria na cabeça, e um doutor mais quarentão pensaria algo diferente, com certeza ela aprontou, ninguém fica nervoso a ponto de arrancar um dedo da mulher à toa, tem gente ruim, mas nem tanto, ela deve ter traído, só pode, com amigo do marido, só sabendo de uma coisa dessas pra fazer um estrago desses, tem gente que provoca, provoca, apronta e um dia dá nisso, homem nenhum tem sangue de barata, e você viu a saia que ela tá usando?

Hospital, nem pensar.

Dos conhecidos, quem então? No prédio havia um médico, mas ele já achava que eu era um pouco louca. Meu dedo, descanse em paz, viraria motivo de discussão na reunião de condomínio. O André, um amante ocasional, havia chegado até o terceiro ano da faculdade de medicina. Tinha sido expulso depois de ser apanhado pela segunda vez roubando remédios para emagrecer, não porque tivesse quilos a mais, era magro, muito, com costelas salientes que me machucavam de um jeito bom na hora do sexo. As anfetaminas é que o atraíam. Eu não o condenava, pelo contrário, achava ótimo que roubasse. O jeito como ele me pegava e me prendia e me atirava sem cuidado na cama, demonstrando um poder que sóbrio não externava — era mesmo um pouco tímido —, e a resistência que ele demonstrava no exercício, por horas ininterruptas, até que fosse eu quem pedisse um basta, justificavam os furtos e a expulsão e a autodestruição que os componentes causavam no seu não-por-muito-mais-tempo lindo corpo. Até o terceiro ano, ele certamente deveria ter cursado alguma matéria que ensinasse a cuidar de um ferimento como o meu, que nem estava mais tão feio. O corpo, ao ver que sua dona não era confiável, ao perceber que a dor que provocara não tivera efeitos sobre sua vontade, a fim de estimular seu instinto de autopreservação resolveu começar a agir por conta própria na recuperação, enviando substâncias que, naquele momento, compunham uma fina camada cor de sangue escuro sobre o ferimento.

E havia o Matias. O Matias era um veterinário que vivia no bairro e que eu conhecera, por acaso, na rua. Eu estava sentada no meio-fio, tomando fôlego. Tivera um mal-estar, talvez fosse o sol, talvez fosse o peso da sacola, duas vodcas, três vinhos, um refrigerante. Quando as imensas paredes dos prédios se pontilharam de negro e o azul entre os pontos começou a ser coberto pela escuridão que crescia, eu pressenti a queda e me sentei. Ofeguei. Respirei. Reagi. Ele passeava com um cachorro, marrom, grande e de tronco muito largo, e o animal, vendo-me da sua estatura, veio me cheirar. Qualquer pessoa distraída, ao sentir um hálito forte ventando atrás de si e escutar uma respiração agitada se aproximar da nuca, iria se assustar, teria alguma reação. Eu me esforçava para seguir enxergando, para continuar ouvindo o zumbido chato e constante de cidade grande, para não deixar que meus sentidos se recolhessem dentro de mim, que os pontos escuros se tornassem maiores que minhas órbitas e eu desfalecesse. Como eu não me mexi, Matias viu que havia algo estranho, amarrou o cachorro na grade do prédio e veio ver o que acontecia comigo. Desse dia em diante, passamos a passear juntos pelo bairro. Ele tinha, além do cachorro gigante, uma pequena e branquinha, de despertar ódio de tão asséptica, de se desejar torturar de tantos os afagos a que sua perfeiçãozinha nos obrigava. Ele operava cães, saberia como cuidar de mim.

Era pouco depois da meia-noite quando decidi ligar. O telefone do outro lado tocou uma, duas, cinco vezes e, embora fosse sinal de que ele havia saído com outra cadela, ou de que, mesmo que estivesse em casa, dormia, estado que me obrigaria a ser dramática e convincente no pedido, eu deixei que continuasse a tocar. Se ele atendesse, eu deveria fazer passar pelo fio estreito uma tragédia espessa o suficiente para que ele aceitasse abandonar a cama e pegar o carro, eu teria de demonstrar de forma aparentemente sincera o quanto era questão de vida e morte que ele viesse naquele momento, mesmo após eu ter dito, da última vez, entre duas gôndolas na seção de rações do supermercado, que ele era um doente que usava um cachorro como mulher e que comprar ração importada de centenas de reais não deveria ser o suficiente para aliviar sua consciência suja. O homem sempre prefere esquecer discussões de relacionamento, eu acho (ou não). Quando eu contasse o que se passava, quando chorasse, implorasse, ele viria. A voz de Matias surgiu e, sem opções, com a mão naquele estado, pele e vasos e fragmentos de osso atuando na cura por conta própria, eu logo disse o que queria, sem preâmbulos, contei logo a ele que quem dependia dele naquele momento não era eu, era o meu corpo.

"Alô, Matias? Quero transar com você agora."

Ele respondeu apenas: "Tá, tô passando aí." Eu me diverti pensando que talvez o que povoasse sua cabeça, já menos irrigada naquele instante, era que ele me comeria como nunca antes o fizera, que provaria para mim que a maior cadela, de rua, era a que o humilhava num dia e no outro implorava para que ele a montasse, a que sucumbia aos efeitos do cio e telefonava com voz de desejo (na verdade, dor de dedo recém-amputado) no meio da noite. O interfone tocou e eu tive certo medo. De tortura, algo lento assim. Morrer, não morreria, havia planos mais ousados para mim. Mas talvez um inimigo bastante cruel fosse somente o que faltava à minha narrativa para que me movessem, nos sebos, para as mais procuradas prateleiras de aventura, de policial ou de terror. Motivos para que essa ideia surgisse, eu havia criado. Homem é convidado, por mulher que odeia, a visitá-la em troca de sexo. Homem deixa sua casa, de madrugada, e se dirige ao apartamento da mulher, onde ela está sozinha, esperando-o. Mulher o recebe com os cabelos marrons cheios de nós, um roupão com alguns furos, que seria sexy pelo que não esconde, não fosse a criatura exangue que o habita e que espera apenas que ele suture, de algum modo mágico, uma ferida horrorosa de três dias. Em troca desse altruísmo, ela lhe negará o sexo que ele rigidamente espera e até mesmo a chupada que ele, um tarado, por certo pedirá como consolo. É tudo que um criador medíocre precisa para escrever uma longa jornada de martírios noite adentro, pensei.

"Oi, pode subir. A porta tá aberta."

Eu empurrei a caixa de pizza, ainda com vários pedaços, que começavam a perfumar a sala, para um canto mais afastado atrás da cortina, mas a silhueta quadrada sob o pano bege transformou o que era apenas desordem em cena bastante bizarra. Ouvi o ruído do elevador, e em seguida a porta da sala se abriu. Eu nunca mais esqueci o câmbio repentino na expressão de Matias quando me viu. Uma contração indisfarçável dos músculos o desfigurou, era nojo, era náusea, era a dor de estômago de Ugolino, antes da morte, a lhe modificar o cenho. Definitivamente, eu não tinha consciência de meu estado. Ele se refez logo, ao que parece imaginando que, na meia hora entre a minha chamada libertina e a sua chegada ao meu apartamento, algum acidente inexplicável houvesse acontecido. Eu apontei o sofá, e ele, sem coragem ainda de perguntar qualquer coisa, sentou, e esse silêncio eu interpretei como sintoma do dilema interior que ele deveria estar vivendo: aceitar que, comigo naquele estado, uma simples tentativa de propor qualquer coisa semelhante a sexo seria vista como algo doentio e desumano ou, logo depois que eu contasse todos os fatos estranhos que haviam conduzido à montagem daquele palco insólito e com tão maltratada atriz, deitar-me no sofá com cuidado, para não machucar ainda mais minha mão, abrir meu roupão e prosseguir com o plano original? Eu não queria deixá-lo em situação embaraçosa, queria ajudá-lo, e por isso disse tranquilamente:

"Perdi um dedo, ó."

"Como assim, deixa eu ver", ele respondeu, segurando delicadamente meu braço esquerdo.

"Pode olhar."

"Você tem que ir ao hospital."

"Não, confio em você."

"Mas..."

Eu expliquei que não adiantava insistir, não iria ao hospital naquele momento de maneira nenhuma, quem sabe amanhã. Ele quis saber se eu tinha álcool em casa. Fui até a cozinha e trouxe para ele um copo com vodca e bastante gelo. Ele me olhou assustado, concluiu que eu estava mesmo completamente maluca, como desconfiara ao entrar. Calma, eu vou buscar. Esse é só para você ficar mais relaxado. Em vez de fazê-lo voltar a crer em minha sanidade, essa tranquilidade sarcástica só fez aumentar seu desconforto. Talvez até o deixasse mais excitado, quem sabe, minha loucura. Eu trouxe o álcool, alguma gaze, antisséptico (com validade vencida) e a tesourinha de unha. Coragem, você consegue, MacGyver. Ele pareceu não entender. Um estúpido. Preciso mandá-lo logo embora daqui. Ele retirou o curativo, grudado no ferimento, com um cuidado quase amoroso, de maneira que a dor e a vontade de gritar, diante da paciência delicada de seus dedos habituados a penetrar em corpos minúsculos, pequineses, poodles, pinchers, fossem menores que meu controle. Matias beirava a caricatura. Era um tipo, apenas, cumpria sua função com esmero, eu é que era má leitora quando esperava dele mais que cuidado e sexo incondicionais. Era somente para isso que havia nascido, e essa função idiota ele cumpria com louvor. Se eu precisasse de alguém que me acompanhasse na convalescença, ele estaria ali; se, no meio do procedimento médico (veterinário), eu afastasse o roupão e as pernas, ele imediatamente subiria em mim, sem questionamentos. Agora, engenhosas figuras de linguagem ou curiosidades excessivas sobre o que ocorrera nada mais seriam que incoerência de caráter, tentativa ridícula de transformar o que é plano em esférico.

Pronto, a gangrena estava adiada por algumas semanas. Ele perguntou, finalmente, o que havia acontecido. Eu respondi apenas que não estava disposta a lembrar, pois só pensar já me fazia mal, fingi certo mal-estar, e ele desistiu de saber. Em seguida, fez menção de partir, seu dilema estava resolvido. Eu pedi que esperasse alguns minutos, vou tomar um banho e desço contigo, pego uma carona. Para onde, eu ainda não sabia. Matias me ajudou a proteger a mão esquerda dentro da sacola plástica, fechada no pulso por fita adesiva. Girei bem pouco o registro, para que a água saísse na maior temperatura que minha pele pudesse suportar. O roupão ficou pelo chão.

Eu vi que tinha, ainda, em alguns pontos do corpo, resquícios de sangue antigo. Não devo estar cheirando nada bem. Uma bruma cálida começou a preencher o pequeno espaço do banheiro, ameaçando descolar os pedaços de cartolina que, sobre os azulejos, traziam algumas frases, fragmentos de textos que eu deveria decorar para conhecer melhor meu inimigo. *Tudo quanto o homem expõe ou exprime é uma nota à margem de um texto apagado de todo. Mais ou menos, pelo sentido da nota, tiramos o sentido que havia de ser o do texto; mas fica sempre uma dúvida, e os sentidos possíveis são muitos.* O que dirão minhas notas? Nas minhas entrelinhas, que história se esconde de mim, interessante o suficiente, suficientemente necessária para que eu siga conhecendo outros Matias pela vida, sendo talvez tão rasa e tão funcional quanto eles, apenas para que uma outra consciência, pretensiosa, ambiciosa e egocêntrica, possa acreditar estar construindo uma obra única, inesquecível, mas que na verdade já terá sido escrita e reescrita, muitas vezes e melhor, por outros que vieram antes? As entrelinhas, onde se escondem? Em minhas costas, para que eu nunca as seja capaz de ler? Se aí estão, se em algum outro lugar, se estão, talvez, numa outra dimensão, em algum plano místico ou maravilhoso, que aos personagens banais nunca é dado conhecer, há de chegar um dia, como disseram, em que a história secreta, contada nos vãos, e a história visível, da minha infância até hoje, irão se cruzar. Nesse momento, enfim, a narrativa se encerrará. Se eu pudesse ao menos descobrir o que se esconde quando me põem para dormir, se eu fosse capaz de decifrar os signos dúbios, plenos de sentidos, que escapam de minha boca quando tenho as conversas mais banais do dia a dia, ou que brotam de cada acontecimento que vivo, de um pássaro que resolve cruzar o ar justamente defronte de minha janela, de um veterinário que me resgata da sarjeta, de um corredor estreito e sem quadros, se eu tivesse clarividência poderia antecipar o momento fatal do choque entre essas duas linhas, uma visível, a outra invisível, que correm paralelas e que, ao se chocar, deixarão, como detrito, logo após o estrondo surdo e contínuo ou a explosão ensurdecedora, as três letras em caixa-alta com que eu tanto sonho e que não hesitarei em perseguir: FIM.

Gota a gota, minha pele se regozijava. Talvez a próxima estivesse quente demais e eu saísse do banho com uma nova pele em processo de formação e novas dores para substituir as atuais. Meu corpo era um espetáculo um pouco decadente, com algumas marcas da idade, que se oferecia a mim de uma forma que havia tempos eu não via. Eu necessitava estar presa dentro de mim para poder me ver com clareza. Ainda era atraente, mas os encantos de hoje residiam na imaginação do que eles haviam sido alguns poucos anos antes. Como as sobras de um banquete de ontem, ainda desejáveis, mas sem o mesmo frescor, cujo sabor vem em parte da nostalgia, como os vestígios nas ruas da passagem de um carnaval onde se foi excessivamente feliz. Os seios, por exemplo, já não tinham a curvatura suave de outrora, mas neles ainda era perceptível a memória da forma anterior, como a de um vestido de festa utilizado várias vezes. Sobre as costelas, do lado esquerdo do tronco, continuava escrito: Era uma vez... Havia muitos anos, quinze, vinte?, eu tatuara essas palavras ali. Algumas taças de vinho e muitas doses de primeiro amor me deixaram inebriada o suficiente para cometer esse erro. O menino fora contra, não seja louca, mas eu retrucava que seria o melhor modo de inscrever na vida a fantasia necessária para transformar o que afinal parecia ser absolutamente sem sentido, o acaso que não cessava de atacar nossos planos, em uma infinita possibilidade de aventuras, deslumbramentos, heroísmos ou vilezas que ao menos comporiam algo digno de haver existido. Hoje eu sei que essa convenção gravada na pele era pura ironia, metalinguagem barata que zombava de mim cada vez que eu me despia. Alguns dias depois, ele já apreciava mais do que eu a tatuagem, e sempre que, após fazer amor, nos quedávamos nus, na cama, e ele a me admirar, desfrutando o descanso dos últimos instantes de respiração ofegante que o gozo causara, inventava uma nova continuação para a minha história em aberto, feita de frases que se perdiam no ar impregnado de nossos cheiros. Era uma vez uma delatora, agente duplo, que causou a ruína de um bandido, e ele acabou se apaixonando por ela depois de deixar a prisão. Era uma vez duas crianças que se odiavam e que por mais de três vezes brigaram e que se amariam até que a morte a fizesse cair de quatro, seu egoísta, por que sempre eu primeiro? Era uma vez uma mulher linda linda linda e que por ser tão inteligente e ter tantas ideias malucas desde menina, acabou ficando maluca mesmo.

 Um dia arranco essa pele, essa carne e que outra camada de corpo for necessário arrancar para tirá-lo daí, ele não perde por esperar. E se, de posse de seus direitos de autor, ele me obrigar a querer fazer uma nova tatuagem, eu já terei no bolso um bilhete, um esboço a ser preenchido com tinta e gravado definitivamente no corpo: Sou um personagem ordinário. E a carregarei por aí, mostrando a evidência de seu fracasso aos muitos a quem me entregue.

Quando apareci de toalha na sala, a falta de atenção minuciosamente planejada, que deixara um bico de seio à mostra, instaurou de novo o dilema na cabeça de Matias. Eu não disse nada, apenas caminhei em sua direção e, com o corpo ainda molhado, sentei-me no seu colo, olhando seu rosto, e o beijei. Sob mim, eu senti me pressionar o volume de seu sexo, que respondia imediatamente ao estímulo, separado que estava de seu ansiado destino apenas pelas roupas. Era mesmo um perturbado, que não hesitaria ainda que eu estivesse morrendo, ainda que eu fosse uma de suas cadelinhas, pulando de repente em seu colo, a lhe provocar a ereção. Enquanto eu sentia seus dedos me tocando como a um instrumento que emitia respirações dissonantes, conforme a corda se esticava, eu adivinhava que péssima imagem aquela cópula acarretaria. Uma cena de sexo só presta em primeira pessoa, primeira pessoa totalmente muda. Seus dedos dentro de mim espantaram qualquer lucidez, e transamos os dois sem pensamentos, eu adorando me despir do manto de pureza com que o banho me cobrira, ele satisfeito por ser premiado com o que afinal todo o tempo desejara, depois de ter cumprido seu papel de tratar da amante enferma e afastado a possibilidade, quase concretizada, de se tornar alguém vil.

• • •

Uma barba com algumas clareiras de vegetação rala denunciava a intenção do menino, fracassada, de parecer um pouco mais velho. Do dia em que tivemos o diálogo decisivo, em que nada, além de frases supostamente ocas, mas sintomas do reconhecimento mútuo, foi dito e coisa alguma aconteceu, até o dia em que os fios escuros ocuparam bastante mal os espaços de orelha a orelha de seu rosto, emoldurando os lábios grossos, durante esse tempo em que ele quis fazer, forçosamente, a experiência inexistente ser marca visível no rosto, não nos vimos. Não era necessário. Eu sabia que o silêncio imposto pelo encontro, e consequentemente por mim, iria satisfazê-lo por bastante tempo, daria a ele as doses necessárias de angústia. Nós dois tínhamos consciência, eu estava certa, de que apenas o fato de o outro existir já desencadeava tudo que acontecera antes do momento do encontro e o que ainda nem havia acontecido, a despeito de nós, como se a explicação da explosão inicial estivesse no ocaso de uma estrela de uma galáxia desconhecida ou a justificativa do dilúvio e seus afogamentos fosse um único instante fugaz de um encontro ordinário que ocorresse na arca. Quando nos vimos de novo, era outro verão. Sua cara se tingia de juventude perdida e de maturidade ainda não vinda e, nesse vácuo, eu névoa penetrei por entre seus lábios e preenchi sua insuficiência oca, mas de invólucro extremamente sólido, do qual nenhum de seus vazios jamais escapava, e tomei então, eu bruma, a forma de meu recipiente, completando-o com minhas sólidas incertezas de ocasião. Quando o beijo acabou, eu não estava mais em mim.

 Eu voltava do cinema, sozinha, ainda absorta, um pouco perdida entre os tempos do filme, o de um oriente de dias próximos aos que eu vivia então, oriente de hotéis baratos e prostitutas e amores, um tempo que eu podia conceber, e o de 2046, onde todas as memórias serão encontradas. Eu precisava tomar esse trem ao futuro, pensei, para lembrar do que me acontecera numa infância não tão distante assim para que fosse esquecida.

O cachorro, o braço quebrado, e pouco mais. E antes?, eu me perguntava. De tudo o que viera após aquele primeiro encontro com o menino eu me lembrava em cada detalhe, cada poro meu me enviava a todo segundo seu relato de sensações, que eu armazenava de forma a sentir o mesmo arrepio na espinha quando me lembrasse de um instante qualquer, o rosto de choro a olhar para trás, a mão firme queimando meu pulso. Eu o vi ao longe, caminhando distraído, seguramente se deixando levar pelas pernas sem atentar para nada. Eu segui em frente, em sua direção, em minha direção anterior, rota de colisão criada pelo acaso desde o instante em que eu, três horas antes, ultrapassara a soleira de casa. Até que ele despertou, como por mágica. Não mais que cinquenta passos nos separavam, e nenhum de nós alterou o ritmo, nenhum de nós arriscou mirar outra coisa que não os olhos do outro. Era um duelo em que ambos sabíamos sair perdedores, já que só a derrota, naquela situação, traria o prêmio esperado. Ele tinha, agora, uma pelugem no rosto que lhe dava o ar de ator de teatro jovem demais para o papel, excessivamente belo para a sabedoria que o texto tirano lhe impunha. Quando o choque era iminente, paramos. Ele jogou no ar palavras abortadas, fetos de linguagem ainda indecifráveis, em puro estado de potência, eu preferi tagarelar silêncios com os olhos, ele prosseguiu alquimista, metamorfoseando poucos centímetros de ar em corpo, apêndice de nós que começava em mim e terminava nele ou começava nele e terminava em mim, desenhando ainda no invisível uma união inevitável, eu permiti que, como antes, ele fosse só para me saber com ele, até que ele esticou um dos braços, segurou-me na costela e pendeu-se para me cumprimentar com um leve beijo no rosto, que o demorado do abraço empurraria para meus lábios, e eu me esvaí de mim para dentro dele, eu neblina cerrei seus olhos para que ele só visse a mim dentro de si, e o senti me beijando e o senti em mim porque eu estava nele e me via.

E então o silêncio. Não o silêncio no qual nos encerráramos até antes do beijo. Mas o que sucede o som, o que demarca um descampado enorme no jardim do bem-estar, o silêncio que eu, sonhadora, não imaginava capaz de nos oprimir, a mim e ao menino, ambos tão autossuficientes nas incompletudes e tão provedores no isolamento, um em cada ponta do universo. Mas éramos jovens ainda! E o silêncio que a comunhão deixa no ar, quando se esvai, pois, para sentir a felicidade de amar, esqueça a alma, porque os corpos se entendem, mas as almas não, me ensinaram, mas eu não quis crer. E agora não tinha a coragem de tirar a cabeça de seu ombro, afogada que estava na felicidade, com medo de tentar dizer algo que eu nem sabia o que era, de as palavras me faltarem e eu apenas vomitar essa felicidade negra que me engasgava, e ele também com a bochecha a me esquentar o pescoço, adiando o desabraço para não ter de ver meu rosto, talvez com medo de não me encontrar, eu sopro, apenas dentro dele naquele instante.

Caberia a mim nos livrar desse novo obstáculo? Eu que o denunciara, somente para possibilitar esse momento, sob o risco de ser também apedrejada, como traidora, Judas, Chaval, por não ter o gesto mau, mas necessário, compreendido um dia? Estava sendo injusta. Quando lhe fora exigido, ele me segurara, violento, me confrontara com uma coragem que eu já havia antevisto no seu choro, e fora até minha casa continuar o embate, era minha vez agora.

"Quer caminhar um pouco?", eu sugeri, sondando-o, ainda sem me descolar por completo de seus braços.

"Pra onde?"

"Não sei, por ali e por ali", eu respondi, apontando direções opostas.

Notei que ele se afastou de mim, com segurança, sorrindo, aliviado com a resposta. Não era tempo de definições. E caminhamos por todo o fim de tarde, as palavras escapando fáceis, lisas, ele me contando suas aventuras, eu ouvinte atenta, eu lhe ensinando os melhores caminhos do bairro para quem quer ir a lugar nenhum, ele bom aluno desaprendendo bem, ele me mostrando no crepúsculo os poucos minutos em que as nuvens cinza-claro e o quase sempre azul agora em degradê de vermelho compõem o quadro mais bonito, e eu colorindo os olhos, eu demonstrando a técnica de caminhada evasiva, muito útil para quando se vê na calçada, vindo, alguém que conhecemos, porém não além dos bons-dias e dos que-frio-não?, e que nos estimula a atravessar a rua, a nos meter atrás de uma família, olhar a providencial vitrine, enquanto esse alguém passa, para evitar o temido diálogo oi-tudo-bem-tudo-bem-que-calor-pois-é-bom-vou-indo-tchau-tchau, ele ensaiando a técnica, desajeitado, fugindo de pessoas escolhidas ao acaso, que achavam estranho o rapaz e a namorada mudando abruptamente de direção, ao mesmo tempo que espiam com o rabo do olho, casal de malucos, credo. Em seguida, caminhei calada, saboreando as frases que ele me dizia para manter seu gosto na memória, vírgula por vírgula, e depois escrevê-las no caderno que eu guardava na gaveta de meias. Cristalizadas pela tinta azul da caneta, elas virariam ainda mais história e fariam da indagação do menino, anos mais tarde, motivo para uma tristeza enorme. Lidas tanto tempo depois, no papel amarelado, aquelas frases me levariam a pensar se tudo o que ele me dissera e nosso encontro não haviam sido apenas mais um artifício sujo, um delírio egoísta, de um demiurgo afeito às letras. Era, seu coração, músculo, sangue e amor, ou letra, som e conceito?

• • •

Uma mulher exausta, mas livre de uma abstinência que perturbava o pensamento, e com um curativo bem-feito, eu era. Matias estava saindo e me perguntou se eu queria mesmo a carona. Eu nem me lembrava de haver pedido, mas achei que era uma boa ideia. Busquei no quarto uma camiseta e um jeans, vesti-os na sala, para que ele não se irritasse com a demora, e fiquei surpresa de que a calça escorregasse cintura acima com mais facilidade do que o habitual, graças aos últimos dias, bastante difíceis. Minha aparência desleixada novamente deve tê-lo deixado impressionado. Logo percebi que vivíamos aquele instante que sucede o gozo, em que os homens prefeririam que nós não estivéssemos mais ali. Idiota, a última coisa que eu desejaria naquele momento era ouvi-lo, tampouco ficaria triste se ele desaparecesse magicamente. Sair um pouco do apartamento, para pensar melhor, me faria bem, e ele era o objeto capaz de me transportar.

Ele me perguntou aonde eu queria ir, respondi com outra pergunta, aonde ele iria, e ele fez menção de me dizer que não me levaria consigo. Não me explicou qual seria seu destino, disse apenas que era do outro lado da cidade, arriscando uma última diplomacia antes do confronto, e suspirou aliviado quando eu respondi de imediato: "Você vai passar pelo centro, lá eu salto."

Eu o olhava dirigir e queria rir do esforço visível, bastante ridículo, que ele fazia para encontrar na cabeça uma frase perdida capaz de tirar dele a autoimagem de alguém que só se interessava por mim para ter algum sexo. Essa busca resultava evidentemente em bobagens; não era hipócrita o suficiente para ser carinhoso, nem perspicaz o suficiente para falar de amenidades sem que soasse artificial. Eu não o ajudava. Pior ainda, vez ou outra fazia uma falsa cara de ternura que o torturava. Os quilômetros eram longos para ele. Ziguezagueava pelas avenidas, ultrapassava os adversários, desrespeitava semáforos, mas, ainda que toda essa audácia fosse livrá-lo de mim mais depressa, também o aproximava do reprodutor descerebrado que, no comando de uma máquina, demonstra a uma mulher sua ereção de aço, e a consciência dessa confirmação provavelmente o deixava ainda mais constrangido. "Aqui está bom", eu apontei, para seu alívio; ele me deu um abraço rápido, não questionou se não seria perigoso descer ali, àquela hora, disparou o burocrático "a gente se vê" e partiu, sem muita pressa, pelas ruas semidesertas.

Um relógio de rua me contava: três horas e dezoito minutos, dezenove graus. Era demasiada exatidão para plano tão mal definido, e isso me deixou receosa. Ficar ali parada olhando para o relógio do canteiro central me denunciava, era preciso estar em movimento. A cidade não suspeita do movimento, empurra os seres para lá e para cá, o perigo está em ficar estático, viramos alvo não só pela facilidade do encontro, mas também pela ameaça que proporciona alguém parado, alheio ao ritmo frenético que a cidade, mesmo à noite, quer nos impor. Ninguém foge do tempo urbano impunemente. Era uma praça decadente, com uma ou outra árvore solitária, em uma rua de edifícios antigos cujos apartamentos, outrora nobres, exibiam grandes sacadas, com muitos vasos de plantas — contrastando com a aridez das calçadas —, pés-direitos altos e colunas. Eram de outro tempo, como se uma história paralela se imiscuísse na narrativa do agora, trazendo em si os sintomas que a decadência sempre traz, para nos mostrar o que será de nós no futuro. *A história tem como única função nos ensinar que vamos morrer, para nossa felicidade, pois dessa forma não seremos obrigados a presenciar para sempre a sucessão infinita de barbáries.* As palavras do professor, em sua voz sarcástica, me vieram à mente. Eu andava rapidamente, mas não muito, para não parecer que o medo empurrava minhas pernas. Eu tinha pouco a oferecer a um ladrão, e isso trazia ainda mais riscos a uma mulher — nenhuma negociação possível. Com pouquíssimo dinheiro, como voltar para casa? E o que fazer agora, se naquela região não sabia aonde ir? Não tinha disposição para dançar. Uma discoteca que era ponto de encontro de prostitutas nos fins de noites — quem foi durante a noite objeto de diversão querendo, após o trabalho, divertir--se ou faturar alguma última e inesperada prata, quem sabe com alguém que valesse de fato a pena, com alguém a quem se poderia dizer "não, não aceito, dessa vez eu também me diverti", alguém que de fato nunca viria — e destino para quem quisesse se sentir parte do submundo de uma grande cidade: álcool, drogas, prostituição, encontros impossíveis. Uma boa opção. Não pelo que de submundo houvesse ali, dois motivos mais triviais me atraíam: mulheres entravam de graça e, melhor ainda, ganhavam bebidas. Um trago faria bem. Desconfiei que o segurança na porta não gostou do que viu. Eu tinha mesmo uma aparência horrível. Sob a camiseta branca, com estampa de uma antiga rádio, extinta havia mais de dez anos, a falta do sutiã, maldita pressa, permitia entrever meus seios, um pouco caídos, com os bicos salientes por causa do frio. Há profissionais de todo tipo, para todo gosto e para todo nível de gente, que cara estúpida é essa, pensei, e segui adiante. Ele não se opôs, já tinha visto muito na vida.

Demorei alguns minutos para entender o que acontecia lá dentro. A escuridão, a mistura de fumaça de cigarro e gelo seco e as luzes piscando no ritmo da música ensurdecedora me atordoaram um pouco. Eu procurei o bar, pedi uma vodca e me encostei num canto, esperando que meus olhos se acostumassem. Em cinco minutos, já era capaz de distinguir os corpos que se movimentavam freneticamente na pista ou que se embalavam devagar, interessados apenas em disfarçar, com um divertimento encenado, a espera pela detecção de um alvo. Primeira obrigação cênica do ser da noite: se divertir. Os homens sempre com um copo na mão, determinados a realizar o sonho de conquistar, na lábia, uma garota de programa; os vendedores de cocaína, os jovens medrosos à espera de seu rito de emancipação e que nunca se afastavam dos amigos.

"Você só fica olhando?", uma voz ao meu lado me pegou desprevenida.

Um homem, camisa sem estampas e de tom pastel indefinido, aberta até a metade do peito, no qual, em meio ao emaranhado de pelos negros, se destacava uma espécie de medalhão.

Um cafajeste. E, como tal, incrivelmente sedutor. Os olhos, a boca e o nariz, de traços delicados, destoavam um pouco da figura, e era justamente essa característica, essa incompatibilidade aparente, que levava quem uma vez o observasse a não desviar o olhar de imediato. Era uma curiosidade que poderia conduzir a uma descoberta desagradável, mas era uma curiosidade, e numa noite como aquela era muito mais do que eu imaginava encontrar.

"Sim. Prestando atenção no que acontece por aí a gente aprende muita coisa, né?"

"Tem lugar em que é melhor só se divertir, sem aprender."

"Você está sempre aqui, pelo jeito."

"Não, primeira vez", ele mentiu descaradamente. Era certo agora: queria me conquistar.

"Trabalhou muito hoje?", ele emendou. Um bom golpe, ele pensava que eu era puta, mas não estava certo. Se eu me ofendesse, ele poderia consertar com qualquer coisa sobre meu ar cansado, sobre eu não estar dançando.

"Sim", eu respondi, entrando no jogo e adiando qualquer desenlace. Ele se aproximou um pouco mais, aproveitando-se do início de uma nova música, mais barulhenta, que tornava mais difícil a conversa.

"Veio sozinha?", ele seguiu na investigação. Era habilidoso, eu tive que admitir.

"Não sou muito de sair acompanhada."

"E essa mão, em quem você bateu?" Não notou que nela algo faltava. Eu coloquei o braço para trás do corpo.

"Machuquei namorando", eu inventei, para trazer logo a conversa para um terreno perigoso.

"Por isso você tá com cara de cansada... Foi forte, hein."

"Que nada, só o de sempre."

"E seu marido, não veio por quê?"

"Não sou casada. Digo, tenho compromisso, mas nada que me impeça de fazer outras coisas, de sair sozinha quando preciso."

"Quando precisa?"

"Sim, quando quero conhecer gente, beber sozinha, dançar, essas coisas..." E súbito eu vislumbrei mais uma diversão nessa conversa. Continuei. "E também quando preciso fazer planos."

"Lugar estranho pra isso... O que é que você tá planejando?"

"Não sei se você está preparado pra saber, você parece alguém muito tranquilo", eu provoquei.

"E sou, mas é disfarce."

"Você vai se afastar de mim, se eu contar. Melhor ficarmos na conversa fiada."

"Nada me assusta, querida."

"Vamos lá então: eu vou matar alguém", eu falei tranquilamente, agora o olhando nos olhos, para ver sua reação.

"Bem, tomara que não seja eu"; com humor, ele diminuiu a tensão.

"Claro que não, nem te conheço. Não sou psicopata nem nada, não vou matar à toa." E a conversa continuou durante uma hora, descontraída, embora eu sustentasse que iria mesmo cometer o assassinato. Ele fazia brincadeiras leves, ironizava, sempre esperando que eu enfim encerrasse o jogo, o que não acontecia. Eu lhe contei, "sou uma escrava", ele entendeu como uma metáfora, vai matar seu patrão, talvez roubá-lo, vingar-se de alguma humilhação, eu explicava que não, não era meu chefe, eu nem mesmo trabalhava, um marido então, alguém que te bate, te trai, que molesta um filho teu, mas não, "escrava mesmo", alguém que me obrigava a fazer somente o que queria, sem me dar nada em troca, "escrava sexual?", sim, "escrava no sentido antigo mesmo, de comercializado e usado como objeto?", ele falava bonito, "sim", mas, como assim, e por que não a polícia?, por que não a fuga?, ele começava a acreditar que era verdade ou que eu era completamente maluca, "porque não sei bem quem é, nem onde está", então por que obedece?, "porque controla meu espírito", algum tipo de hipnotizador então?, mais ou menos isso, você tá louca ou tá brincando comigo, ele encerrou, e eu, não, não estou, você inclusive pode estar a serviço dele, não, baby, vim aqui, pra ser sincero, atraído pelos seus peitos, acredito em você, sim, acredito, mas você pode estar aqui porque meu controlador quis que estivesse e eu posso estar aqui também somente porque ele quis assim, o que é até pior, uma fuga que foi arquitetada pelo senhor de escravos não é fuga.

"Bom, se você descobrir quem é, eu te ajudo a matá-lo", ele disse em tom de piada, enquanto sacava da carteira um cartão com seu nome, Emílio, e número de telefone. "Aí você me dá uma recompensa." Falou mirando primeiro meu corpo, depois meu rosto, sem nenhuma intenção de esconder o sentido da frase. Eu deixei o copo no balcão e me despedi. Lá fora, mais um dia nublado havia começado. Eu andaria até minha casa, seriam horas, mas eu não tinha outra opção. Enfiei o cartão no bolso da calça e, para minha surpresa, havia ali três notas de dez amassadas. Eu estava certa de estar zerada. Chamei um táxi depressa e indiquei a direção. Quem trabalhava para que eu estivesse segura, dentro de meu apartamento, e para isso me concedia aquela dádiva?

•••

Eu demorei para descobrir sua verdade: o menino ouvia muito, com paixão verdadeira, não por mim, mas pelo ato de ouvir — se era eu quem falava — ou com uma entrega simulada, mas convincente — se era um outro quem roubava a vez e estendia-se, inebriado com o som da própria voz. E falava, falava continuamente, disparado, engatando assuntos uns nos outros, levado por associações indecifráveis — primeiro a poesia, súbito a tempestade —, e eu perdida a me questionar, quietinha enquanto seguia a ouvir, como é que, de repente, bem no meio do fio de suas ideias sobre o tal de Manoel de Barros, o menino desviava e desatava a falar da sensação de tomar uma chuva daquelas de dar medo, sem se angustiar com o que de prosa deixara inacabado, já que ali no seu pensamento, que funcionava em segundo plano a todo vapor, era claro e conhecido por quem quer que fosse que quando tinha dezesseis anos escrevera um poema, no ponto de ônibus, e era o seu primeiro, o papel, fragmento improvisado de anúncio arrancado do muro, a caneta, bic azul com tinta quase no final, e era seu primeiro e era tão bonito, talvez a beleza, após o outono, da primeira folha, ainda que fraca, talvez o encanto do primeiro beijo, ainda que desajeitado, talvez a ternura do primeiro filho, ainda que malcriado, era o seu primeiro, aquele poema, e ele tinha de mostrá-lo, não havia escolhido a quem, sua mãe talvez, o amigo não, o amigo diria que era coisa de frouxo, a avó, a avó sim era leitora das boas, e decidiu ir a pé mesmo, poema no bolso, o ônibus que não vinha, e andou quase correndo, e correu quase voando, e eram muitas quadras e o teto da cidade se acinzentava e a cidade é tanto barulho junto e cada bairro tem seu clima particular, há bairro quente e bairro frio, dizem que em alguns até neva, e ele nem notou que o vento já assobiava uma nova nota, uma gota caiu e ele acelerou o passo, tentando chegar antes que os pingos engrossassem, mas a distância era muita e a paciência, pouca, ficar sob marquise esperando, não, escrever, já havia escrito, ler, não tinha o que ler na mochila, ficar sob marquise sem nada para fazer, só pensando, nem pensar, e correu e correu mas a chuva corre mais, porque corre pra baixo e pra baixo todo santo, você sabe, e primeiro os cabelos, depois os ombros, a camisa, até que a calça jeans azul foi ficando mais escura, mais pesada, e os tênis com água entre a palmilha e a meia faziam um ploc, ploc, um ploc engraçado, mas ter os pés gelados não tinha graça nenhuma, e meia hora depois, quando enfim cruzou o portão de casa e parou para respirar na garagem coberta, lembrou-se do pequeno pedaço de papel, retirou-o do bolso e nele o que fora poesia era agora pintura aquarelada da pior qualidade. E o menino, no ponto de ônibus, escritor de gênio, entregue ao delírio do verbo, deixara-se guiar pela inspiração a ponto de não poder reter na memória tudo que escrevera. Após o banho quente, imposição de sua mãe, um novo papel e uma nova caneta tentaram reescrever o poema, mas os versos que restaram não tinham mais entre si nenhuma ligação possível. Eu só entendi a relação entre a poesia e a tempestade depois que perguntei ao menino, ainda ingênua demais, "tá, mas o que tem a ver esse poeta com tomar chuva?", e então ele endireitou a linha tortuosa, para ele evidente, que comandara sua fala, bastante surpreso com a questão. O menino gostava de falar, sem interrupção, a partir do momento em que um discurso o cativara dentro de si, o inseto assunto o picara, ele era obrigado a repassá-lo para um ouvido confiável, nunca um ouvido qualquer, apenas um que já se houvesse provado capaz de compreender que o que importava era o insuspeitado, que as perguntas estranhas, aparentemente banais, eram as que mereciam nossa atenção. Nunca "com o que você trabalha?", mas sempre "a rosa está nua ou só tem esse vestido?" ou "há algo mais triste que um trem parado na chuva?". Durante o tempo que passamos juntos, ouvi suas longas reflexões, nas quais me interessava, mais que os conteúdos, o instante fatal em que ele se capturava, em que, no meio de uma fala, seus olhos se apagavam, como se a própria luz por um instante se abstivesse de estimular sua retina, respeitando o segundo sagrado em que alguém se perde dentro de si, e seus olhos já não miravam nada que não fosse a cadência fluida de seu raciocínio, na própria voz, que poderia esclarecer pelo menos uma das infinitas contradições da sua existência. Quando ele passava a falar desse jeito, eu não interrompia, quedava-me paralisada, escutando-o, tentando seguir os fios do lindo tecido que ele tecia. Uma vez, acordamos ainda com sono, porque havíamos ido dormir muito tarde na noite anterior, em que ele estivera particularmente imerso em seu labirinto e em que as palavras que ele dissera — um pouco confusas, mas muito bonitas — lhe haviam feito entrever uma saída. Eu o chamei, brincando, com voz de sono, de tagarela.

"Não sou não, porque fico a maior parte do tempo quieto, ouvindo. Quando tem muita gente em volta, quando se forma aquela roda grande, eu fico só escutando, pensando. Mas tem hora em que eu preciso falar, que eu tenho algo essencial, inadiável, daí eu falo mesmo."

Eu não havia previsto nem podia perceber até então, mas minha brincadeira carinhosa o levara a um novo mergulho.

"É que eu não sei conversar, na verdade. Não gosto muito de diálogos. Prefiro ouvir, atentamente, pelo tempo que for, alguém dizer tudo o que quer, sem interromper; prefiro deixar que pensem, falem, retornem ao ponto de partida, reiniciem, concluam, repensem, mudem de tema, sem comentar nada, sem tentar interferir no percurso, respeitando o tempo, respeitando os erros e os acertos, escondendo minha concordância ou meu desprezo, rindo só pra dentro, pensando em outra coisa se for algo insuportável para mim. E quando falo eu também quero ter essa liberdade, eu falo pra ver se o que eu penso tem mesmo algum sentido fora de minha cabeça, porque nela as ideias se refletem de um jeito confuso umas nas outras, nela tudo quanto é coisa tem cores bonitas, mas que mudam rápido, mais rápido do que sou capaz de compreender, antes que eu possa fixar. Eu falo pra saber se sou capaz de falar o que penso e, se alguém além de mim se interessa, fico feliz, mas isso não quer dizer que eu gostaria de ouvir comentários, que preciso de ajuda, que concordem pra que o silêncio não se torne constrangedor. Quando digo 'era uma vez', quero seguir até dizer 'fim', sem coautor."

Seus olhos se reacenderam e ele concluiu, após um sorriso terno e um beijo entre meus olhos: "Com você é diferente, até de conversar eu gosto."

Hoje eu me pergunto por que falava assim, quando disparava, no meio de uma conversa, sem rumo, o menino. Será porque aquilo que eu temo e sempre temi é, afinal, verdade, o menino era feito da mesma argila que eu e poderia ser remodelado se não causasse interesse? Talvez, para nosso criador, escrever seja como mergulhar em água composta de uma combinação infinita de palavras, e conforme a frase se alonga no papel, quanto mais fundo se alcança no mergulho, mais difícil se torna enxergar o ponto de partida e a luz fraca que se espalha do ponto final anterior, e pouco a pouco o ar, antes abundante nos pulmões, o ar que retém as imagens começa a rarear conforme se mergulha e mais penoso se torna seguir deslizando pela frase página abaixo, a gravidade ajudando o corpo a avançar, mas no fundo é onde se morre, sabemos, a pressão aumenta, os ouvidos se fatigam, já não é possível divisar a ordem e os elementos que tornaram possível se estender até tão longe, o peito quer estourar e anseia por uma pausa, um sinal de que enfim não há mais por que prosseguir, momento em que já estamos suficientemente desorientados e só nos resta fazer, ainda que breve, uma última oração? Não sei.

∙ ∙ ∙

Eu despertei e não soube, por alguns segundos, se era dia ou noite. Eu vestia a calça jeans da noite anterior, e esse desconforto colado à pele rapidamente fez com que eu me recordasse das coordenadas de espaço e tempo, da aparição do dinheiro. Do modo de falar do menino, eu nunca me esqueci, qualquer lembrança que eu tenha deve, para atrair minha atenção, antes de tudo encontrar um mínimo espaço vago entre suas recordações e minhas suspeitas. Meu dedo latejava um pouco, outra vez, e eu preferi interpretar como um sinal, um chamado, de uma parte de mim por vezes esquecida, subjugada pela ditadura dos pensamentos fáceis, confortáveis. A resignação era só o medo travestido em inação. Poucas vezes, em toda a minha vida, eu me percebera subvertendo o enredo da vida esperável, com suas felicidades burguesas e suas tragédias adestradas. Quando descobri que o acaso era um nome estampado numa lombada, a dor me fizera arrancar um dedo, e foi só. Desse momento até então, tudo o que eu havia feito fora saborear constantemente aquela vitória, nela me inebriar, e súbito me dera conta de que talvez ela fosse me bastar até que me fosse decretado o último ponto final. A sequência de minha existência, se eu a fosse desenhar, seria uma linha contínua, que, embora amiúde subisse e baixasse, qual uma longa cordilheira no horizonte, quase nunca se dividiria para se perpetuar em caminhos paralelos ou opostos, tendo efeitos sobre outras linhas como essas, de outras vidas. Isso era sinal de alguma pobreza de imaginação, evidentemente. Não a minha imaginação, mas a de quem me conduzia desse modo. Olhando para o passado, ficava muito fácil perceber que uma tosse qualquer hoje seria o sinal da pneumonia meses depois, que uma pessoa desconhecida a quem eu, num impulso fraterno inexplicável, cumprimentasse na rua seria, anos depois, o amigo a quem eu doaria meu sangue, para salvá-lo da morte. Eu tinha a impressão de ser o personagem que desencadeava ou solucionava, em outras vidas, todos os acontecimentos dignos de serem contados, e o que por muito tempo fora mal interpretado como razão para vaidade, hoje era só mais um indício de uma existência mal inventada. Quando o pedregulho caiu no lago, ou melhor, quando eles voaram em direção à porta, numa tarde remota da infância, os círculos que se formaram na superfície de meus dias, ao invés de irem desaparecendo conforme o pedregulho submergia e dele eu me afastava, foram se perpetuando e ganhando cada vez mais força na fluidez de minha narrativa, e, como ondas que se formam e crescem à medida que avançam, foram empurrando tudo o mais até chegar o momento em que eu tivera coragem de me postar, imóvel, esperando o choque, em que eu decidira não mais me deixar levar pelas vagas e arrancara para fora de mim o dedo. Ao acordar, após Matias, após a festa, após tantas lembranças, eu sentia como se, dissolvidas em espuma as antigas ondas, com meu ato de coragem inaudito, sobre a minha superfície já se fizessem notar novas ondulações concêntricas, que iniciariam um novo ciclo de causalidades das quais eu não mais conseguiria fugir antes do dia de finalmente desaparecer, vencida, em alguma gaveta empoeirada. O suicídio era uma saída demasiado romântica, era preciso sabotar por dentro essa prisão, fazê-la desmoronar pouco a pouco, pedra a pedra, frase a frase, até que, quando a última possibilidade de leitura finalmente ruísse, eu pudesse junto com ela morrer vitoriosa. Era hora de uma nova investida. Eu não sabia qual, nem onde, nem como, mas o mais importante é que eu saltei da cama, tirei o jeans surrado, tomei um banho, lavei o ferimento, que já começava a cicatrizar, e saí do banheiro decidida a continuar o motim, com a consciência de que cada dia em que eu apenas vivesse seria só mais um capítulo em que ele haveria me vencido.

Percorri os cômodos do apartamento buscando os objetos que me caracterizavam. Esses eu deixaria para trás, para que, quando finalmente desaparecessem, quem me notasse na rua tivesse a impressão de não poder me fixar, sem saber exatamente o porquê. Eu seria apenas uma imagem fugidia, de contornos mal definidos, vagando pela cidade, em um estágio fantasmagórico que precede a inexistência. As fotos, eu as deixei onde estavam, não me dei ao trabalho de arrancá-las dos porta-retratos, as poucas fotos que eu costumava olhar com frequência ficavam guardadas numa caixa de sapatos, no guarda-roupa. Eram fotografias que não deveriam ficar expostas, penduradas na parede do corredor, pois nem sempre eu estava preparada para vê-las. Eu sucumbiria a um olhar repentino do menino se o momento não fosse adequado, se o passado naquele instante fosse intruso e não inquilino. Alguns documentos menos importantes também ficaram na gaveta, junto com meu antigo caderno de memórias. Não poderia deixar entrever que uma fuga estava se armando. Eu não poderia ser vista saindo com uma grande mala, então escolhi algumas poucas peças de roupa e guardei-as numa mochila que não chamaria a atenção. A minha saudade da vida naquele pequeno apartamento se consumiria junto com os objetos, eu esperava, seria como destruir um cenário imprescindível para que a peça ocorresse. Um exemplar de bolso, sem capa, de *Os moedeiros falsos*, algodão, gaze, esparadrapo e antisséptico, escova de dente, pente, xampu e sabonete, todo o dinheiro que eu tinha em casa, suficiente para viver algumas semanas — com sorte ainda haveria no ateliê um quadro que interessasse a compradores.

Mas como organizar o ato sem que ele criasse alguém para impedi-lo? Eu não tinha nenhuma experiência com fogo, e a ironia é que, se a tivesse, fracassaria, pois esse conhecimento teria sido presente dele, e nesse presente estaria implícita a probabilidade de eu utilizá-lo, de modo que, seguramente, ele estaria prevenido e agiria para evitar grandes estragos. Eu tinha álcool, fósforos e algumas velas decorativas, com essência, prontas para queimar por horas. Eu deveria estar longe de casa quando acontecesse. Fiz os preparativos e saí. No ateliê, comecei a pintar, freneticamente, abstrato, vermelho, amarelo, laranja e algumas pinceladas cinza, negras, enquanto em casa o mecanismo se preparava para funcionar e queimar a sala, as cortinas beges, o corredor estreito, sem quadros, os pedaços de cartolina sobre os azulejos do banheiro e todas as outras descrições que desde há muito me precederam.

• • •

Um, dois, três e eram sete agora os dias a nos encontrarmos, todas as tardes, eu e o menino, sempre na rua, perambulando pela cidade, não nos arriscando para além das calçadas ou de uma praça do bairro. No sétimo dia, seu coração descansou e ele arriscou finalmente a pergunta:

"Somos namorados?"

Eu achei a pergunta boba e ri, ri muito, sem parar, a risada pulando para fora da boca de mãos dadas com o ar, até que a gente o puxa com força de volta para dentro e umas lágrimas escapam. Quando eu sosseguei, sua cara estava fechada, e eu o olhei com ternura e com um sorriso — a dúvida era cômica porque já éramos muito mais que namorados, ele sabia disso mesmo sem saber e perguntou por medo de que eu não soubesse. Eu o olhei bem nos olhos, como num pedido de desculpas. Tem coisas que a gente diz só com a sobrancelha para não falar o que não deve. Ele aguentou por cinco segundos, sério, e sorriu também. Mas continuou olhando, direto, para meus olhos. Desconfiei que agora ele já estivesse era pensando em outra coisa, para suportar o quem-pisca-primeiro involuntário, e decidi trazê-lo de volta: colei meus lábios nos dele, os meus um pouco secos — não dá pra sacar a língua para fora da boca e umedecer os lábios com alguém olhando teu rosto tão de perto, seria ridículo. Acho que esse beijo enterrou a pergunta, porque em seguida um novo assunto surgiu, e um novo e um novo.

Muito mais tarde, ele falou que era hora de ir para casa. Dali o meu caminho apontava para a esquerda, o dele, para a direita, e eu não queria nunca que ele me levasse até o portão, pois, se o fizesse, quando eu cruzasse a soleira ele teria ainda que andar sozinho por um bom tempo e seria injusto, eu na comodidade a sorver a saudade e ele sem mim fazendo o que tanto amávamos fazer.

"Vou ao banheiro, me espera."

E corri para dentro de uma lanchonete, ele a me esperar na esquina. Pedi ao garçom uma caneta, puxei dois guardanapos — um de reserva, para o caso de erro — e me enfiei no banheiro. No momento de nos separar, eu, sempre tão decidida, fui assaltada pela insegurança e resolvi que era melhor deixar claro o acordo que tínhamos feito só com a respiração, o de estar sempre um com o outro, antes e no futuro. Escrevi em tinta azul algumas frases curtas e adocicadas, que tentavam explicar que o que ele significava para mim era algo difícil de definir, muito mais que um namorado. Eu não sabia ainda que não fora de minha cabeça ou de meu peito que aquelas palavras surgiram — alguém as tinha soprado.

 Saí correndo da lanchonete, ele estava distraído olhando os carros, e quando se voltou para mim eu já envolvia sua cintura com os dois braços, apertando-o e beijando suas bochechas rápida e repetidamente, para que ele não percebesse a intenção de minha mão, que se enfiava no bolso lateral, largo, de sua calça de moletom, ou até para que percebesse, mas desconfiasse, dia de sorte, que a intenção era puramente libidinosa, e eu pudesse então deixar ali escondido o bilhete, que ele veria mais tarde, na rua ou em casa.

 Ele virou à direita, eu, à esquerda, e de vez em quando olhávamos para trás, no mesmo momento, para espiar pela última vez antes da próxima tarde o rosto que costumávamos também ver nos instantes que precedem o sono, rosto já tão bem gravado no interior das pálpebras.

 Cheguei à minha casa e até o dia seguinte me tornei só espera. Minha mãe me chamava para comer e eu demorava a entender a pergunta, perdida que estava nas dezenas de continuidades possíveis para um único ato, o de deixar um bilhete escondido, a pensar se a resposta viria em outro bilhete, que a qualquer momento eu descobriria em um bolso, ou em um avião de papel milimetricamente enviado pela pequena abertura de minha janela, manobra que só um ás com muito treino poderia realizar, ou apenas em um toque sutil de sua mão em alguma parte descoberta de minha pele, acompanhado de um olhar meigo, profundo, como se o menino tivesse se encontrado em mim, por apenas um único e necessário instante. Eu preferia essa resposta, mas minha mãe preferia outra: que eu já estava descendo e que sim, queria suco e comeria salada, e por isso ela se enervava comigo, tá avoada demais, o que tá acontecendo?

Eu comi, me esforcei para prestar atenção em tudo o que ela dizia, e logo subi ao meu quarto para esperar em paz. Eu nunca tinha me sentido daquele jeito: quando a gente se declara a alguém, concede um poder que não sabe se vai ser bem utilizado. Eu não sabia bem disso, ainda, não estava certa do que exatamente me deixava frágil naquela situação, mas meu estômago sabia bem e não cessou de me mandar sinais, até que no início da noite, quando os pensamentos fixos da vigília — a pergunta, o bilhete secreto, a resposta do menino — já começavam a se transformar nos delírios recorrentes do momento que antecede o sono mais profundo, eu despertei suada, enjoada, corri para o banheiro e vomitei.

As férias não tardariam mais tanto a terminar e só o que eu fazia de minhas tardes era me encontrar com o menino. Ninguém mais sabia de nada. Eu não tinha amigos, sempre fora muito independente. Mais vidas à minha volta dariam um trabalho danado a criar, não? E uma menina é quem pagara o preço, crescendo sozinha, embora as desvantagens dessa solidão eu só tenha percebido muito mais tarde, quando soube de tudo. Admito que eu havia recebido, como presente, se não personagens secundárias, pelo menos uma admirável capacidade de ser só e um mundo interior grande o suficiente para me bastar. Nesse ponto não houve crueldade de sua parte.

A manhã já se estendia lenta, os raios de sol envenenados de tédio já caíam perpendicularmente ao telhado de minha casa, e eu, sentada no muro, já um pouco grande para tanta observação ociosa, não havia ainda recebido a visita do menino. Nunca havíamos combinado nada, ele sempre chegava à minha casa ou me encontrava na rua movido por alguma pena invisível que traçava nossas linhas e as fazia se cruzar em algum canto da cidade. Mas agora, como uma reação se anunciasse, como um mecanismo irrefreável se iniciasse com a entrega do bilhete, o que fazer com o arrependimento de não o ter sob controle, de não poder guiá-lo como a um personagem a quem se ama e cujo destino não abriríamos mão de escrever, já que só nós sabemos, mais do que ele mesmo, o que de fato é o melhor para sua vida? Quando a luz se deitou para ofuscar minha visão, eu me senti ridícula de estar ali e subi ao meu quarto. A ausência se metamorfoseara: deixara meu pensamento e se transformara em um novelo que insistia em ficar entalado em minha garganta. Depois que eu me rendi, a espera se tornou mais simples, já que só o que me restava era ficar deitada na cama, a pensar que ele não mais viria, vendo a janela e o quarto escurecerem, sem me enganar, como fizera nessa manhã, quando imaginara que eu me mantinha no muro apenas por opção e que dali a alguns minutos eu saltaria e iria viver meus dias como sempre vivera.

• • •

Sobre o criado-mudo, eu estendi uma toalha de renda, delicada, colorida e muito antiga, que eu trouxera da casa de minha mãe. Vendo-a ali, preparada para desaparecer, decidi levá-la comigo e a substituí por um pano de prato. Menos beleza. Sobre o pano, recoloquei o despertador redondo, de ponteiros, talvez já um objeto de colecionador, em tempos eletrônicos. Eu já não despertava com seu som estridente havia meses, nunca mais havia me preocupado em seguir o tempo de ninguém. Três minutos, programei, e três minutos depois ele ressuscitou, gritando, chacoalhando para lá e para cá, espreguiçando-se desastradamente após uma longa imobilidade. Funcionava. Girei o pequeno botão e segui o movimento dos ponteiros, até que eles marcassem quatro horas da madrugada. Horário em que o sono dos vizinhos já deveria ser profundo e qualquer pedido de socorro, mais lento. Acendi algumas velas e as encostei cuidadosamente no despertador deitado, desconfortável. Sobre o móvel, a garrafa, e no chão algumas tigelas e canecas de plástico, cheias do mesmo álcool. Tudo preparado. Se o plano falhasse, eu não teria certeza se era por minha incompetência ou sua vigilância, mas bastaria eu tentar outra vez. Não me sentia tão feliz desde o instante em que, dias atrás, um ínfimo antes de a dor chegar, a lâmina gelada tocou minha pele. Saí do apartamento e não encontrei ninguém no caminho até a rua. Já devia ser alta madrugada, eu estava no ateliê, pintando freneticamente um novo quadro, amarelo, vermelho, cinza, quando o despertador, bom funcionário, atendendo aos meus comandos, despertou do sono e vibrou, estridente, querendo acordar talvez não alguém da cama ao lado, que desde a tarde estava vazia, mas possivelmente um vizinho que o salvasse, temendo por sua continuidade de objeto, pois quando o espasmo o sacudiu e ele não pôde se conter, esperando uma mão sonolenta a lhe apertar o botão silenciador, ele, no primeiro movimento, deslocou as velas que, ironicamente, iriam de qualquer forma morrer em minutos, e as velas caíram e compartilharam sua chama com o pano de prato, que pouco a pouco foi se consumindo e abraçando com seu calor a garrafa plástica, que permaneceu íntegra por alguns segundos, envolta em labaredas, para em seguida estourar e espalhar as chamas coloridas para os lençóis e para o tapete do chão, onde estavam os diversos recipientes com mais álcool, que ajudaram a pintar muito mais de vermelho o ambiente, e quem visse de longe, de fora do prédio, por trás da cortina imaginaria apenas um insone que se levantava, no meio da noite, para ler um livro, cansado que estava de rolar de um lado para outro da cama, e acendia algumas luzes, e não daria atenção suficiente ao episódio a ponto de perceber que alguma fumaça já escapava, e que os vidros ameaçavam estourar, e estouraram, causando enfim o ruído que faria despertar os vizinhos, ainda em tempo de salvá-los e às suas casas, mas não de impedir que o meu apartamento, muito avariado pelas chamas, se tornasse inabitável, e que as evidências da causa do incêndio, o despertador, as velas, a garrafa de álcool, não fossem mais do que plástico retorcido e cinzas quando os bombeiros chegassem, assim como meus objetos pessoais, minhas roupas, meus livros e tudo o mais que até então me ajudara a ser quem eu era e que eu desejava apagar.

 Eu ainda pintava e tinha os olhos ardendo, vermelhos, da longa madrugada sem dormir, esperando a interrupção que me indicaria que nenhuma tragédia acontecera, isto é, o plano falhara — tragédia é não atingir o que se quer — ou então que a manhã chegasse, a campainha não soasse, o temor me vencesse e eu retornasse a um quarto no qual um despertador, sem pilhas, jazeria imóvel e eu riria ao vê-lo e pensar "que diabos, perdi a hora de novo". Já era manhã e a luz amarelada invadia as janelas, entortando-se nos pedaços onde ainda havia vidro, passando lisa pelos buracos e modificando nos quadros a percepção que eu tinha das cores, que me custaram tanto obter. Foi nesse momento que ouvi uma voz gritando meu nome e a campainha tilintando, acho que não nessa ordem, e corri, com o pincel ainda na mão, o movimento da pincelada abortada guardado em estado de potência no meu braço, e, quando abri, o médico, morador do meu prédio, me olhava com cara fechada, sono, ou melhor, falta dele, e hesitava um segundo, não sei se pela imagem que eu passava, de artista louca, louca não era, era meu trabalho, oras, ou se pela notícia que fora incumbido de me dar, eu que nem sabia um dia já haver comentado que era pintora, eu não era, fizeram-me assim por interesse, uma arte que retrata a outra, artifício banal, *ut pictura poesis*, mas ele estava ali parado hesitando e, mesmo que eu não me lembrasse de um dia, no elevador, talvez carregando tintas ou telas ou cavaletes, lhe haver contado onde era meu ateliê, era necessário fingir preocupação por vê-lo ali àquela hora. Eu, atriz que sempre fui, estava apta a viver qualquer coisa, mesmo que a mim não fosse cabido viver, e então fiz a pergunta.

"Seu apartamento... um acidente... o fogo."

Eu deixei escorrer uma lágrima, era afinal mais uma batalha que eu acreditava vencida, e ele a interpretara bem, ou seja, erradamente, pois fizera menção de me abraçar. Eu recuei e corri para dentro, gritei que me esperasse, e me certificando de que, da porta, ele não era capaz de me ver, pintei furiosa a pincelada faltante, e ela brotou como se estivesse havia dez meses esperando o parto, deixando seu rastro alaranjado sobre as já grossas camadas de tinta na tela abstrata, e eu decidi não assiná-la, pois assinatura melhor não haveria. Peguei algum dinheiro, os documentos e, com a roupa ainda com as marcas da pintura, cheguei ao prédio e senti o cheiro de fumaça que impregnava os arredores. Alguns moradores assustados conversavam na porta, e houve até mesmo alguma comoção quando eu desci do táxi na companhia do médico. Alguns engenheiros da prefeitura verificavam a saúde das pilastras e das fundações e davam seu parecer satisfatório, exceto no imóvel da mulher irresponsável, nesse ramo não há mistério, é crime ou desleixo, exceto nele tudo o mais vai bem, todo o prédio, e não haverá mesmo que fazer grandes reformas. O cheiro, ah, o cheiro de algo errado tem vez que não passa nunca. Brincadeira.

• • •

Na terceira tarde, o menino me arrancou do torpor. Eu continuava no quarto, fingindo um interesse por livros que eram atirados no criado-mudo logo que minha mãe estivesse convencida da paixão da filha por *As mil e uma noites* e me deixasse só. Ouvi um grito, meu nome. E como fosse música eu me levantei, leve, o corpo dançando em busca de uma roupa qualquer, o desespero do encontro me eximia de formalidades, e eu ouvi novamente meu nome e deslizei até a janela, e a música de repente ganhara corpo, deixara de ser arte do tempo para ser do espaço, eternizada que estava em quem a podia emitir, e eu fiz um sinal que esperasse, sim, quem me fizera aguardar que me aguardasse agora, não por vingança, mas porque eu, que sabia o quanto o tardar influenciava na fruição quase física do momento em que o desejo se satisfazia, queria que ele também sentisse, ainda que por alguns segundos, como era seca a espera e quão caudaloso era o encontro. Quando desci, segundos depois, o abraço não denunciou nada mais que o amor que nunca sua boca ousara, nem precisara, pronunciar. Eu já transbordava, efusiva no meu silêncio, queria absorvê-lo em meus poros, precisava agora que ele escorresse para dentro de mim, para que eu tivesse ao menos um sinal de que do outro lado também houvera a espera, e sobretudo que minha mensagem fora compreendida.

"Onde você tava esses dias?"

"Minha mãe quis que eu fosse com ela pro interior. Voltei hoje."

"Ah, tá... e o que mais?"

"Como assim?"

"Nada mais pra falar?"

"Visitar parente é chato, nem vale a pena falar muito."

"E tirando isso?"

"Tirando isso o quê? Você tá esquisita, hein."

"Deixa pra lá", eu disse, e concluí que havia ido longe demais. Ele devia ter se sentido invadido, devia estar se sentindo agora obrigado a transparecer algo que havíamos combinado, tacitamente, deixar inaudito, e que efetivamente só se fizera necessário em um momento meu de fraqueza. Eu precisava entrar no assunto, ainda que ele não quisesse, para poder corrigir meu erro.

"Você encontrou o papel no bolso da calça, no outro dia?"

"Que papel?"

Quando chegara, as roupas haviam ido diretamente para o cesto, e dali para a máquina de lavar, que destruíra as provas de meu pequeno crime.

"Deixa pra lá, um folheto de propaganda engraçado que eu tinha guardado no seu bolso."

Eu me senti aliviada. Ele, percebendo a conversa sem razão de ser, abraçou-me novamente e naquele abraço eu senti que nenhuma declaração seria jamais necessária.

De repente, o barulho do trinco da porta. Eu o empurrei para trás e me desgarrei, com medo de ser descoberta. Minha mãe passou, disse um oi para o menino, um tchau para mim, sem denunciar nenhum espanto. O menino enrubesceu, eu era mais afeita a dissimulações, não me sentia, na verdade, tão conectada a ninguém além dele a ponto de me sentir obrigada a enrubescer. O vermelho da sua pele se justificaria, talvez, pelo convite que eu em seguida lhe faria, como se ele invertesse, sem perceber, a ordem dos sentimentos, quer entrar?, como se pressentisse que em breve poderia ter todos os motivos para se envergonhar na presença de minha mãe, vamos, a gente ouve música e conversa lá dentro. Eu apresentei a casa: no primeiro andar, a sala, com móveis antigos, bastante gastos, mas ainda bonitos, daqueles que não se jogam na calçada também pela história que contam. O sofá era o único item novo, de liquidação, e com a aparência de que não daria nem mesmo para personagem de conto, pela vida curtíssima que teria pela frente.

"Você não tem televisão?"

"Não, a gente não tem o costume."

Pela cozinha eu passei bem rápido. Os azulejos eram um pouco sujos, ou melhor, tinham uma cor que resistia à limpeza. Minha mãe esfregava, pedia que eu ajudasse, mas eu só fingia fazer força e ficava pensando em outras coisas. Ela me chamava de preguiçosa, de espertinha, esfrega com vontade, menina!, mas eu não era preguiçosa, era é inteligente, porque no fim o meu azulejo continuava da cor original e o dela também, minha pele sem uma gota de suor, a dela escorrendo. Embaixo da escada minha mãe guardava uns objetos que eu nem conhecia. Uma vez por ano ela me olhava com ar de decidida e dizia: "Dessa vez não tem jeito, arrumo essa bagunça!" As tralhas, confortáveis ali, nem se mexiam, porque sabiam que se alguém algum dia iria arrumá-las seria eu, depois que minha mãe morresse, ou um próximo inquilino. No primeiro degrau me arrependi, aonde aquela incursão ao meu mundo, o dele ainda tão obscuro, nos conduziria? No segundo, aliviei-me, conhecimento nenhum o faria retroceder, já que ele fatalmente chegaria, um dia, ao lugar onde sempre estivera, o meu corpo. No terceiro, no quinto, no sétimo eu já seguia aos saltos, afoita, desejando apenas que ele me seguisse.

Senta aqui, onde, aqui do meu lado, o menino veio e sentou, eu já era uma mulher e ele, ainda que a cara insistisse em se tingir de pontos negros mal distribuídos, era só o menino que sempre seria, até o fim, para mim, de modo que eu estendi a mão para que ele tivesse a coragem de se arriscar, e ele o fez, fechando os olhos no início, era um salto, eu compreendia, era um salto curto, mas perigoso, e por isso seus olhos se fecharam numa piscada mais longa, pelo máximo de tempo possível, e se abriram somente para ver onde ele pousaria, em segundos, ao meu lado. Nesse instante eu fraquejei e me levantei num pulo.

"O que você quer ouvir?"

Ele me seguiu e, aproveitando-se de meu recuo, encostou levemente o peito nas minhas costas, era um pouco mais alto que eu, a ver por sobre meus ombros os discos, um a um, e cada disco que ele passava com os dedos era uma batida do coração e sua respiração a me balançar, sua pulsação a domar a minha, ritmando-se uma à outra. O dedo terminou de percorrer a curta fileira e eu parei de respirar. Permaneci imóvel, ele também, eu temendo ter finalmente ultrapassado o ansiado momento em que não há mais retorno possível. Mas o menino, ágil, sacou do meio dos discos um que eu não pude ver qual era e sentou novamente, a examiná-lo, com cuidado, lendo as mais miúdas frases da capa, abrindo-o para ler as letras das canções, claramente ganhando tempo, depois do rompante de ousadia. Eu me refiz do susto, sua fraqueza era agora minha força.

• • •

"Onde a senhora esteve durante a madrugada?", inquiriu-me o bombeiro, esforçando-se para falar corretamente a fim de tentar encobrir com a sintaxe o tom acusatório. Eu tenho um ateliê e tem dias em que eu não volto para casa, fico até tarde pintando, o senhor sabe como é, é preciso viver, e de arte, então, nem se fala. Ele não pareceu acreditar muito. Afastou-se quando uma vizinha, já bastante velha, que eu praticamente nunca tinha visto, iniciou uma conversa comigo. O bombeiro e um policial interrogavam os moradores, que invariavelmente buscavam, por sobre os uniformes, o local onde eu estava, para se sentirem à vontade ao espalhar suas teorias conspiratórias que envolviam amantes e bebidas e brigas. Da língua enrugada da velha ainda escorriam conselhos e confortos de que eu não precisava. Com seu velhinho morto e os filhos morando longe e visitando nunca, ela se apegava a qualquer ouvido, fantasiei.

Ótimo, já tinha uma testemunha de defesa, com quem tomo chá e sento para conversar enquanto impulsiono a cadeira de balanço e ela tricota um pulôver para mim.

Eu ouvia os rumores perdidos no meio da prosa débil da velha e acreditei que era a hora de partir. Uma demonstração de desespero era necessária, algo que fizesse de mim alguém que se poderia imaginar sofrendo por meses a destruição do imóvel, com ainda oito anos de prestações a pagar, e de seus objetos inesquecíveis: uma coleção de cartas, recebidas de bancos, pagas e com sua devida autenticação mecânica, suvenires valiosos de civilizações exóticas visitadas, fabricados todos na China, e jogo para vinho tinto e branco, champanhe, cerveja e uísque, todos ex-copos de queijo cremoso. Um desmaio? A imagem totalmente colorida, clara, agora polvilhada da fuligem da inconsciência, e os grãos de vazio crescendo e comprimindo a paisagem não muito agradável da minha rua, as pernas querendo ceder ao peso que tem aquele nada, tão denso, que se enxerga cada vez maior na retina, e o juízo se movendo lento, lento demais para evitar a queda. Não, personagem demais para tal atriz. Uma crise de nervos? A mão se fazendo inimiga do mundo e atacando sua manifestação mais frágil, mais próxima, eu mesma, e fazendo-se inútil deter, impossível reter a ignóbil mão suja, e puxando os cabelos com força, despenteando-se, não por carinho, circular e lentamente, mas com ódio, e a garganta compondo de improviso a insuportável trilha de uivos de animal maltratado em seu corpo material, em seu apêndice burguês, em sua alma corpórea, adquirida a duras penas em grandes lojas de varejo. Reviravolta demasiado radical, eu, antes só resignação, agora revolta. Mas os olhos estavam convulsivos nas órbitas, me odiando pelo risco que eu lhes causara, alguns se sentindo felizes pela sobrevivência a uma tragédia, como que a me agradecer por lhes haver proporcionado a aventura segura que poderiam contar no escritório, por anos; outros poucos a sentir pena, eu que já não recebia visitas da família, vivia só, não arrumara marido, não tinha filhos, agora nem casa mais tinha, mas ouvi dizer que tem um ateliê, tem? não tem? tem, então tá explicado, artista tem dessas coisas, bebe e cheira e fuma e bota fogo em tudo.

Eu tinha um único trunfo, uma cicatriz invisível que eu não mostrava a ninguém e que eu recolhera em uma viagem antiga ao deserto de alguém. O menino veio rápido na minha imaginação, desviando-se das pessoas na calçada, treinando a esquiva de pessoas indesejáveis, e veio intruso morar nos meus olhos, que o receberam com a mesma chuva que estragara sua poesia. Eu olhei para o alto, para o edifício expelindo fumaça, qual uma máquina, a manter vivos seus organismos, as peças humanas de suas entranhas a circular pelas escadas e elevadores, e sentei na calçada. O gesto repentino, a velhinha a me acariciar os cachos, as mãos segurando os dois lados do rosto e as lágrimas, tranquilas, simples, mansas, chamaram a atenção dos moradores que ainda insistiam em prolongar aquele que poderia ser o momento mais emocionante daquelas vidas. O menino me mostrara a dália que me faltava, e eu era agora alguém de confiança e que aceitava que era preciso sofrer as perdas, ainda que ficcionais.

Chamei o zelador, disse que precisava me recuperar do choque e que voltaria em algumas horas. Não há muito mais o que fazer agora, senhora. Felizmente. O terrível seria se, por força de uma rasura, de uma reescrita, uma seta fosse esticada até a margem e garranchos espremidos na vertical reconstruíssem, peça a peça, objeto a objeto, o que o fogo havia pouco destruíra. Não havia muito mais o que fazer agora, como eu planejara. Meu hábitat seria dali em diante um ponto de indeterminação no papel. O ateliê era o que me restava, talvez por pouco tempo, e o que eu faria com ele era questão para os próximos dias. Antes que eu entrasse no táxi, um policial me pediu um telefone em que pudesse me encontrar.

"O único que eu tinha, eu desconfio que não deva mais estar funcionando", e apontei para o prédio. Pronto, havia estragado toda a encenação. Para tentar reverter, expliquei que iria para o ateliê e lhe passei o endereço. Segundo erro. Eu não queria ser perturbada, nunca mais. Entrei no táxi e deixei para trás o prédio, ao qual eu nunca mais voltaria, imaginando a linda imagem de cinzas e brasas e metais e plásticos retorcidos, dignas de se transformar em um belo quadro.

...

Ele a escolheu como carta de intenções, outra hipótese seria ingenuidade. Mas era um movimento lícito, ela era, afinal, só mais uma entre as canções que faziam parte dos meus discos, e eu vi que, quando ele tirou, do meio da fileira, um disco qualquer e o elegeu como subterfúgio para ganhar o tempo de que precisava, no momento desse gesto ele não poderia saber que ali havia aquela canção.

"Se você quer ser minha..."

Acho que era a Maria Creuza que preenchia o quarto com sua voz. Ou a Miúcha, não sei. O fato é que eu me deitei na cama, olhando para o teto, tentando prestar atenção somente na melodia, esquecendo a letra, deixando-a de lado, e assobiando para tentar induzi-lo a fazer o mesmo. Eu não podia. Ele se deitou ao meu lado, também olhando o teto, entre nós uma área de segurança, desabitada. Com o canto dos olhos eu o distinguia, imóvel, no entanto, não era capaz de decifrar sua feição, que se escondia na periferia do meu olhar.

"... namorada, ai que linda namorada, você poderia ser..."

A canção mal havia começado, os primeiros versos ainda nem haviam se dissipado completamente nas idas e vindas contra as paredes e os vidros da janela, e eu já não podia suportar o tempo, que se expandia, distendia-se, como se o disco seguisse em uma rotação tão baixa que só ouviríamos o acorde final no momento de nosso próprio enterro. Sua covardia de estátua era uma afronta, uma ofensa. Se ele se levantasse, fugisse pela porta em disparada, demonstrando uma solidariedade com meu sofrimento quase físico de tê-lo ali, parado, com um pequeno vale entre nossos corpos, se ele ao menos se erguesse e desligasse a música que ele mesmo escolhera em ardil criminoso e voltasse a se movimentar pelo quarto, irrequieto, impossibilitando qualquer premeditação do desejo, se ele fosse, enfim, capaz de se suicidar, acabando com a espera ou frustrando-a, eu o admiraria. A suspensão da alma era, entretanto, imperdoável.

"... se quiser ser somente minha, exatamente essa coisinha, essa coisa toda minha, que ninguém mais pode ser..."

Súbito, o choque. Ainda tímido, mas com tal capacidade destrutiva, acumulada, incipiente, que eu me senti tremer. Eram seus dedos a roçar levemente meu braço, tão suavemente que eu não sei mais se o que eu sentia eram mesmo seus dedos, deslizando sobre a pelugem quase inexistente de meu braço, ou se era o ar, ínfimo, que eles deslocavam. Meu esforço era para evitar que o motim fosse perceptível e que meu braço acompanhasse o resto de meu corpo nas suas futuras convulsões, ainda em estado embrionário. Agora era eu quem estava congelada, incapaz de extrair do meu corpo o gesto que havia pouco eu exigira dele. Eu era também covarde, e ele deveria me detestar. A ponta dos seus dedos seguia no compasso da canção, minha pele o palco de uma dança mínima. Era uma forma de embutir, naquele carinho repleto de ansiedade, um significado outro que desmistificasse o fim que ele desejava, que o negasse, apenas para torná-lo ainda mais provável. Uma armadilha, portanto. Eu guardaria as armas no primeiro aperto de mão amigável e em seguida não teria mais defesas ante a traição surpreendente. Mas armas não mais havia, havia o medo, e o medo não era uma arma, o medo não feria, o medo era só um escudo rachado que se parte ao primeiro golpe. O medo vinha justamente da vontade do salto, os encantos da queda é que me afastavam da borda do abismo. Eu não sabia há quanto tempo estávamos naquilo, mas de repente a extensão do caminho que ele traçava em meu braço cresceu, do pulso ao cotovelo e, numa ousadia extrema, um pouco além, acompanhando o contorno do meu braço fino, arriscando-se até o ombro e seus arredores, território interdito aos contatos de amizade, aos abraços de família. Não sei se por cansaço, se por receio de não poder mais voltar atrás caso fosse além do que já havia ido, repentinamente seus dedos fugiram, e a música preencheu novamente com seus lamentos meus ouvidos.

"... e chorar devagarinho, sem ninguém saber por quê..."

Uma voz de homem, não muito bonita, não muito harmoniosa, mas por isso até mais sincera, feito uma declaração verdadeira, confissão a ser ouvida, de penetra, em um banco de praça, agora circulava pelo quarto. Eu ainda não havia tido coragem de perguntar o que havia acontecido, nem mesmo dera sinais de perceber que algo acontecia, quando sua mão tocou meu corpo. Minha vontade era exigir que continuasse, como ousa?, obrigá-lo a me ajudar a cumprir o papel que os outros me outorgavam, o de mulher, o de apenas aguardar e aguardar e aguardar que me procurassem, que me escolhessem, que demonstrassem que eu era desejada e que era a escolhida, pelo menos naquele momento, para transformá-los no macho que eles precisavam tanto ser, ou tomar seu braço e oferecer-lhe muito mais do que ele havia sido capaz de desejar, a pele que ele via apenas em imaginação. Mas havia medo, a possibilidade do ápice enegrecendo o que jamais viesse, e desejo, moto-perpétuo alimentando a própria perdição; um dos lados transbordasse, prenunciava-se o início do fim. Que veio. Eu não pude mais suportar aquela pausa, a ausência do toque queimando a pele já maculada, o silêncio do menino ao meu lado mais forte que o volume da música, o confinamento em um metro e pouco de espaço e as paredes maciças de ar me comprimindo dentro do corpo, que queria explodir. E, não podendo mais sustentar com o temor o dique que já se havia rompido, virei a cabeça para o lado do menino. Que me olhava. Que na tinta branca dos olhos trazia frases que a boca não exprimia. Que não retrocedeu, nem piscou, nem fez menção de desistir do que havia muito se mostrava planejado, na íris que contava a história ainda inédita, mas por se compor em poucos instantes.

"... você tem que vir comigo em meu caminho, e talvez o meu caminho seja triste pra você..."

Eu não sabia como fazer o gesto necessário, embora me soubesse nascida para fazê-lo. E, como artista que eu viria a ser, imitei-o. Busquei com minha mão a sua, abandonei-a, percorri seu braço, toquei seu rosto, seus lábios, devagar prossegui e encontrei no peito um coração furioso. Desmascarei-o. Não havia mais o que esperar, eu o havia lido, ele sabia e me puxou com violência para junto de si, antes éramos eu, ele e o espaço entre nós, agora nem dois mais, tal a força com que ele me segurava, meus seios contra seu peito e suas mãos descontroladas, grafando em minhas costas espirais por sob a blusa, sua língua buscando desajeitadamente a minha e, não se contentando em tê-la, percorrendo meu pescoço, minha nuca, minhas orelhas, e eu, ainda relutante, ainda tímida, ainda assustada com os efeitos daquela ferocidade, com a rebelião nos pelos que a ponta de sua língua provocava, encadernaria páginas de minha pele para compor a narrativa inesquecível e falsa daquele momento. Não havia prelúdio possível, seu ímpeto desencadeava os fatos com uma velocidade que não mais me permitia o controle: eu estava à mercê do seu desregramento, era apenas uma marionete que não mais se opõe ao domínio, porque a mão que a comanda puxa os delicados fios de modo que os movimentos, embora involuntários, são exatamente aqueles que se desejaria fazer e que não se poderia, por conta própria. Eu apenas o abraçava, prendia-o e cravava meus dedos em suas costas. Minhas pernas também o enlaçavam. As alças da minha blusa já não se prendiam ao ombro e, quando ele recuava, não era para tentar deter o mecanismo irrefreável que meu silêncio autorizava, e sim porque suas mãos o requeriam para se aventurar por sobre os meus seios, e o que eu sentia sobre os bicos, enrijecidos, quando ele os pressionava, eu não sabia bem ao certo se era dor ou prazer. O que eu temia, naquele instante, é que fosse dor e ainda assim eu o desejasse. Minha calça deslizou por minhas pernas mais facilmente do que se eu mesma a guiasse. Eu quase nua, vulnerável, ele na armadura da desrazão. Eu, ofegante, afogando-me na minha respiração, ele sorvendo da minha pele o oxigênio necessário. E, em seguida, sua boca sussurrando confidências aos meus seios, à minha barriga, ao meu ventre, confidências que eu não escutava, perdida que estava, mas que meu corpo sim ouvia e respondia imediatamente com espasmos, conforme seus lábios e língua se moviam por entre os pelos, entre poros e peles, por entre os lábios e vales das coxas, e subiam novamente até minha boca, beijando-me com meu próprio gosto enquanto eu o percebia despir-se somente o necessário para as urgências do momento, para o que não era passível de adiamento, para o que havia tempo se rascunhara, e com alguma dificuldade eu o sentia insinuar-se, aquele desejado corpo estranho querendo fazer parte do meu corpo à custa de alguma dor, e o meu corpo, mais que minha mente, aceitando-o, auxiliando-o, conduzindo-o carinhosamente, mas com a rudeza necessária para que pudéssemos enfim chegar ao infinito de nós dois. Eu seguia imitando-o, agora involuntariamente, sendo enfim a desrazão que ele antes fora e me esvaindo na fruição daquele momento que era exatamente como eu lera em lindas frases, momento em que ele, me pedisse tudo, este mundo e o outro, eu lhe prometeria, porque já não estava em minhas mãos decidir nada, só o me consumir de prazer, e ele também nada podia decidir, pois tínhamos apenas de cumprir um destino de morrer juntos durante alguns minutos, esquecer o mundo e as suas pedras atiradas, esquecer os meus bilhetes de amor não lidos, pois se entendiam melhor que as almas, os corpos, e deter-se, sem ar, querendo prolongar aquela perda da unidade que nos constitui sempre mas não naquele instante e, não resistindo, ir novamente ao mais fundo de mim beijar a rosa que se escondia atrás do monte de vênus, e sua língua a abrir-me em duas como duas eu sempre havia sido em relação a ele, a que o queria sempre comigo e a que não precisava tê-lo, porque já o trazia dentro de si, mesmo distante.

• • •

Só agora eu via com algum distanciamento o quadro, e era belo. Ótimo, eu precisaria mesmo vendê-lo, já estava preocupada com a falta de dinheiro. O apartamento não tinha nenhuma espécie de seguro — algo tão burocrático e desnecessário quanto ir ao banheiro, em uma narrativa como a minha —, e seria de espantar que, ainda que eu não mais o quisesse, ainda que eu estivesse pronta para destruí-lo e a tudo ao meu redor quantas vezes fosse necessário para abortar qualquer embrião de plano escrito para mim, seria de espantar que ainda assim não me viessem cobrar por algo, alguma reforma no andar incendiado, uma multa qualquer. O que me faltava, porém, era a vontade de jogar: entrar em contato com negociadores, donos de galerias, ricos dispostos a colocar aberrações na parede ao lado da mesa de jantar, tubarões dissecados em formol, se isso lhes rendesse a pecha de apreciadores de arte. Pessoas que eu havia abandonado por completo. Nem ligações, nem jantares. De modo que vasculhei a minha pequena mala e lá estava: Emílio e seu número de telefone.

Lembra de mim? Conversamos na boate naquela noite, sim, isso, a que queria matar alguém, hahaha, brincadeira, você tem boa memória, tá, tá, até parece, inesquecível eu..., mas obrigada mesmo assim, eu também me lembrei de você, por isso te liguei, mas não sou tão mentirosa quanto você, por isso nada de inesquecível etc. Convidei-o para um café no ateliê, onde eu conhecia todos os alçapões e me sentia segura. Eu me refiz um pouco, tomei um longo banho, trazia na cara as marcas de mais uma noite sem dormir. Troquei o curativo. A cicatrização havia sido incrivelmente rápida, glóbulos negros de tinta haviam recomposto a pele muito depressa, levando-se em conta a gravidade do ferimento. No local, um vermelho-claro, de pele nova, recém-formada, tornava a aparência da minha mão, mesmo sem curativo, já bastante suportável — claro que, para muitos, o simples fato de estar diante de uma amputação era motivo de suficiente mal-estar, não carecia de pus e casca e sangue coagulado. Eu não lembrava se, no dia em que o havia conhecido, as mentiras exigidas já haviam sido ditas. No entanto, a possibilidade de incoerências perceptíveis era algo que me excitava — era uma provocação que eu fazia ao meu enredo; muita habilidade seria requerida para reunir arestas apontando em direções opostas, como nos seriados de mistério, em que um final coerente se torna, no decorrer da trama, praticamente impossível de ser escrito. Emílio não havia me levado a sério no primeiro dia, e por certo me levaria menos ainda a partir do momento em que me visitasse — a matéria-prima do artista é a mentira, e com ela somos profundamente verdadeiros. Vender o quadro a um completo idiota era o plano, e minhas lembranças pintavam Emílio como um sedutor um pouco idiota. Não um completo idiota, não existe mesmo plano perfeito. Se eu não conseguisse fazer algum negócio com o quadro, poderia pelo menos tentar algum dinheiro emprestado, ainda que, para que ele abrisse a carteira, pernas tivessem de se abrir. O cansaço dos últimos dias, porém, desestimulavam-nas desse incentivo.

Eu espiava por trás da cortina quando estacionou na rua tranquila, a alguns metros da porta de casa, um Del Rey prata; dele desceu Emílio. Apesar de ser um modelo havia muito ultrapassado, o carro reluzia, futura peça de colecionador, era cuidado com o esmero que o reflexo da lataria denunciava. O descaso consigo mesmo destoava da aparência do carro. Era início de tarde e a luz chocando-se de frente com seu rosto desfez algumas de minhas percepções da noite em que nos havíamos conhecido: vestia-se como um cafetão de prostitutas baratas. Embora a camisa fosse discreta, praticamente sem cor, os botões abertos ainda estavam lá; o rosto tinha de fato traços delicados, finos; entre eles, porém, outros traços denunciavam uma idade que as luzes artificiais da noite, a piscar e a girar, haviam ocultado. Quando estava um passo distante do carro, voltou-se para mirar pela última vez o desenho do cabelo escuro apontando para todos os lados. Antes de apertar a campainha, um último segundo de hesitação.

"Olá, pode entrar."

"Oi, querida, você fica mais bonita ainda de dia."

Um canalha. Eu resisti ao impulso de responder ao gracejo à queima-roupa, estendendo-lhe o dedo médio, porque era cedo para lhe mostrar que, na mão que não segurava a maçaneta, um dedo inexistia. Sorri e só, afinal eu não sabia ainda se seu jeito detestável me enojava ou me atraía, e o sorriso é a forma mais discreta de não ter opinião. Ele entrou e sentou. Como qualquer um que conhece alguém a quem chamam de artista, Emílio se sentiu na obrigação de percorrer toda a sala, parando diante de qualquer pedaço de papel de pão que tivesse alguma mancha de tinta e olhando-a atentamente. Era ridículo aquilo, pouco do que estava ali era algo que eu realmente considerava uma obra. Aliás, eu tinha certo asco da palavra obra, era uma peça, um objeto, um pedaço de merda colorida, eu não sabia bem como chamá-las. Havia somente alguns esboços, aos quais ele nem dava atenção, já que eram apenas riscos de carvão sobre papel ordinário. E o quadro, enorme, destacando-se. Por isso talvez ele tenha parado diante dele e imitado com o dedo a alguns centímetros da tela o trajeto de algumas das pinceladas. Ou talvez porque houvesse realmente gostado. Não importa. O crucial é que em silêncio ele havia mordido o anzol e entrado no assunto que me interessava. O "em silêncio" era vital porque, para meu espanto, embora houvesse gastado alguns minutos vasculhando todos os meus objetos, artísticos ou não, ele não havia emitido nem um único comentário, e estava a salvo, portanto, de se transformar no idiota completo de que eu tanto precisava.

Terminado seu tour pelos cômodos, eis que era chegado o primeiro momento em que uma decisão minha determinaria os próximos acontecimentos. Como quando antigos conhecidos se encontram e, após os cumprimentos e as perguntas óbvias — o que tem feito, por onde anda, já tem filhos —, durante o segundo de hesitação que a ausência costuma impor nesses casos, findos os apertos de mão, precisam num átimo tomar a decisão de se interessar um pelo outro e insistir na continuação da conversa em mesas de bares, em cafés ou em telefonemas, ou deixar o outro partir para talvez nunca mais. Emílio sentou na poltrona amarela, esperando uma indicação do que deveríamos fazer ali, os dois, e a que se devia aquele convite. A verdade, nesse caso, seria contraproducente.

"Então, te interessa esse quadro? Algumas notas, várias, de preferência, e pode levar."

Eu não disse isso, evidentemente. Não disse porque achava improvável que ele o quisesse. Não havia recebido, neste e no nosso primeiro encontro, até então nenhuma indicação de que ele apreciasse artes plásticas. Jornalista, era só o que eu sabia, mas há os que discorrem sobre o preço da arroba do boi ou sobre o amante que assassinou a amada e suicidou-se — quem poderá dizer o que um ou outro tem nas paredes, uma cabeça de gado empalhada e um retrato de Charles Manson? Só personagens são coerentes. Por isso eu segui o plano inicial, levemente modificado:

"Te convidei para um café, mas me esqueci que aqui no ateliê eu nem pó tenho. Nem fogão, na verdade. É que, quando a gente encontra alguém e quer convidar para uma conversa, um bate-papo, combina de tomar um café, não é? Deixa pra lá."

Um sorriso sacana no seu rosto indicava que minha confusão devia ter soado como uma tímida explicação para o fato de que o que eu esperava dele não era companhia para café, chá ou qualquer outra justificativa burocrática de uma amizade, mas sim sexo casual. Era um caminho perigoso para mim. Como ele pareceu não se importar, brinquei, aliviada:

"Se você diz que não veio aqui querendo loucamente tomar um espresso, fico mais tranquila. Se quiser beber algo, só tenho água e uma garrafa de cachaça. É bem antiga, mas acho que nunca estraga."

"Se você tomar uma dose comigo, aceito."

Mais uma péssima jogada, eu não tinha como recusar, embora o tom de sua voz espalhasse malícias pela sala. Talvez os meus erros de estratégia fossem todos planejados para que ele seguisse exatamente aquele caminho. O fato é que bebemos não só uma, mas oito, nove, dez doses cada um, durante a longa conversa, e Emílio é quem errara: ele parecia corajoso, um conquistador, mas eu devia assustá-lo; ele bebia, copo após copo, aguardando o momento em que a quantidade de álcool em nosso sangue fosse suficiente para afastar qualquer possível constrangimento causado por um assédio malsucedido; antes desse momento, porém, o que veio foi a total falta de controle do corpo e o sono avassalador, que costuma proteger a dignidade do ébrio apagando de sua memória os piores momentos da embriaguez, que outros, nos dias posteriores, nos contarão, e que ouviremos como se houvessem acontecido com um terceiro, inventado, não conosco. Emílio estava a salvo, pois eu tampouco tinha condições de registro. Nem aquelas doses, no entanto, haviam sido capazes de me fazer cochilar, e eu segui, pela noite que começava a apagar os quadros, assistindo-o dormir, enquanto tentava conter a bile que insistia em deixar o meu estômago.

• • •

Havia já quatro dias que eu não via o menino. "Ela viajou e ainda não voltou, sei não se volta hoje", minha mãe repetia, a contragosto, quando ele aparecia à porta, nesses dias em que ela também estava em férias. Ela não gostava de se intrometer nos meus assuntos. Para ser honesta, devo dizer que eu tinha, muitas vezes, a impressão de que ela não se preocupava tanto comigo a ponto de deixar nossos mundos interiores se cruzarem — o acaso me colocara ainda infinitamente insignificante no interior de seu ventre e nos fizera interligadas, em seguida, por um fiapo de sua carne, e isso lhe bastava, eu desconfiava, para que ela sentisse por mim um afeto que nada devia ao de outras mães, mas que não dependia de proximidade excessiva. Ela não vivia meu presente, eu não conhecia seu passado. Uma troca bastante justa. Eu não aprendia com seus erros nem me espelhava em seus acertos, ela não via em mim uma continuidade, as folhas e as obras que morressem e nos legassem o esquecimento merecido. Meu pai, por exemplo. Meu pai, expressão que eu mal posso pronunciar. Não porque um suspiro, escalando a garganta, me turve a fala, ou porque há muito ele vague por mares e mares, de onde talvez volte um dia para atrapalhar o tricô de minha mãe. Não. Esse nome, pai, nunca emprestará de minhas frases o possessivo que julgo caber em "minha ilusão". Ou "minhas cartas roubadas", sim, isso é profundamente meu, menos sério, mas igualmente meu, nos últimos tempos. Logo após a grande porta de vidro, ao lado do tapete da entrada do prédio, espalham-se, após a passagem do carteiro, destacando--se sobre o quadriculado da cerâmica marrom, os envelopes brancos, pardos, coloridos, a cujos conteúdos meus vizinhos só terão acesso se eu, após análise minuciosa e exercício rigoroso de imaginação das cartas anteriores e das que poderiam ser escritas como resposta, concluir que é um caso de vida ou morte, ou melhor, só de morte, porque de vida a própria vida se encarrega de ajeitar, e então decidir lacrar novamente o envelope, tentando ao máximo fazê-lo parecer intacto e deixá-lo sobre a cerâmica marrom. Só me interessam cartas em que o nome de algum vizinho esteja escrito à mão, caneta rosa? melhor, adesivos de coração ou de estrelas? melhor, apelidos terminados em inho ou ão? melhor impossível. Agora, "meu pai", não, "meu pai" não sai naturalmente da minha boca. Minha mãe nunca havia conversado comigo sobre ele. Era estranho, agora não é mais, e mais estranho ainda era o fato de eu nunca haver me importado com essa ausência, nunca a ter questionado nem ter sido dela questionada. Meu pai devia ser só um personagem sem função na minha infância, na minha concepção, e como tal, se houvesse existido, seria chamado José. O que em minha mãe vencera a barreira do meu desinteresse era que ela, quando jovem, gostava de atuar nas peças da escola. De vez em quando ela dizia uma frase desconectada dos rumos da conversa, alterando sua voz, engrossando-a ou suavizando-a. Eu brincava dizendo ser um caso de possessão, frequente em pessoas idosas, mas era só um diálogo qualquer gravado na memória por todos aqueles anos. Ela trabalhava em escritório. Era o que ela respondia a qualquer um que perguntasse o que fazia: "Trabalho em escritório." E, como isso talvez não soasse a ninguém como algo interessante o bastante para gerar novas perguntas sobre o tema, eu nunca a ouvi ir além do hiato final. Não seria eu a primeira a descobrir o que se escondia atrás de escrivaninhas de mogno e ruídos de máquina de escrever. Eu sabia onde era o prédio, algumas vezes ia até lá, mas nenhuma indicação, uma placa na porta com um nome qualquer, me mostrava que diabos exatamente se fazia naquele lugar. Ou na verdade fui eu que me esqueci e só me justifico. Pode ser. Justificativa que eu ainda não tinha para o modo como me sentia naqueles últimos quatro dias. Um crime cujo gozo compensasse qualquer pena ou o amor se dissolvendo em fluidos para em seguida inexistir? Eu trancava minha porta, fechava as cortinas e me despia. Uma palidez emoldurada por longos cabelos enrolados, galhos retorcidos envolvendo meus ombros, galhos fortes mas que não vicejavam mais como outrora. Os seios pequenos e empinados, intactos, mesmo após a mastigação faminta. Todos os caminhos do meu corpo pequeno percorridos com o olhar e com as mãos, e nenhuma devastação aparente a tempestade em sua fúria provocara. Onde se escondia em mim aquele algo que me tornava então pronta para ser finalmente alguém capaz de compreender as piores vilanias ou as maiores entregas que a paixão jamais provocara? Que semente introjetara em mim o menino? Era mulher, nada do que era humano me era alheio. A dor que seu corpo, entre minhas pernas, provocava e o prazer que me impelia a mantê-lo dentro de mim, cravando-lhe nas costas as unhas, eram toda a vida humana condensada, em instantes se desvendando na minha carne, com seus sofrimentos e felicidades, para em seguida expirar numa pequena, mas fatal, ressonância da morte.

Eu não podia aguardar a compreensão plena para só então reencontrá-lo. Era momento de, das cinzas em que o incêndio me deixara, no meu quarto, depois que ele saíra de mim, ressurgir. No último dia o menino não viera à minha procura e, ainda que houvesse desistido por ter encontrado, todas as vezes, minha mãe cada vez mais mal-humorada devido à cumplicidade ridícula que a filha lhe impunha, ainda que fosse culpa minha essa desistência, eu não pude deixar de me sentir abandonada, como se ele não houvesse superado uma prova, mesmo que absurda, mesmo que desmedida, que eu lhe outorgara. Eu já não estava tão certa de que ele me queria, e essa incerteza era como um tumor imaginário que preenchia todo o meu corpo, fazendo de mim um lugar extremamente desconfortável de ser. No dia seguinte, eu me preparei para recebê-lo. Deixei o recado: que ele fosse ao meu quarto assim que chegasse. No aparelho, fiz correr o disco até o momento exato da música que ele havia me confessado gostar, para que, pouco antes de ele surgir, numa coincidência inventada, eu a fizesse novamente tocar. As roupas que estavam espalhadas na cadeira, os livros sobre a cabeceira, os vestígios de menina que meu quarto carregava — alguns papéis coloridos colados no quadro, uma boneca antiga sentada na poltrona —, tudo isso foi se esconder dentro do armário, agora eu era uma mulher e receberia outra vez quem me transformara.

Imersa nessa espera, preparando as boas-vindas, muitas horas se passaram; porém só no tempo que era o meu, o da espera. No tempo dos ponteiros do relógio que havia em minha parede, completavam-se ainda poucas voltas, e nem mesmo o café da manhã eu havia tomado. Em meu quarto, não havia mais o que preparar. Os lençóis sobre a cama já estavam minuciosamente desorganizados. A música estava congelada no ponto exato, os objetos todos espalhados. Enquanto eu estava ali, não cessava de movimentá-los, centímetros para lá, centímetros para cá, esse no lugar daquele, *As mil e uma noites* ou *Asterix* sobre o criado-mudo?, as cortinas abertas poderiam inibi-lo; fechadas certamente me denunciariam.

O estômago começou a doer de fome e eu desci. O pão, o leite, a manteiga ainda estavam sobre a mesa, e minha mãe só me olhou da cozinha, através da porta, sem insistir em descobrir o que se passava com a filha, que havia dias mentia para o único amigo e praticamente não saía do quarto. Com ela, não haveria nem confissões nem conflitos, estava escrito. Eu comia atenta a qualquer ranger de portão. Os carros e seus zumbidos, o cão de cada vizinho e seu latido eram meus inimigos, impediam-me de escutar os passos pesados do menino, que já deviam estar nos caminhos que costumávamos percorrer lado a lado.

Um cheiro gostoso começou a fugir da panela, a se espalhar pela casa, a me seduzir as narinas. Em breve o almoço estaria pronto, e ele, que nunca escolhera a maneira mais fácil de fazer as coisas, certamente me obrigaria a convidá-lo para comer, chegando naquele momento. Minha mãe se sentaria de um lado, eu e o menino do outro. Ainda que a mesa fosse pequena, e que minha perna inevitavelmente roçasse na dele, as conversas que minha mãe imporia a nós, e a vergonha de termos de, ainda sem nenhuma habilidade, diluir em puro cotidiano um momento saturado de desejo, fariam daquela refeição um alimento que envenena. E, assustados com a brusca transição, inevitável, do enorme constrangimento para a mais profunda intimidade, não teríamos coragem, eu e o menino, de subir para o meu quarto, e ficaríamos por um tempo no sofá, esticando a corda do dia a dia, até que minha mãe resolvesse continuar suas tarefas e nos deixar a sós.

Eu me servi de mais um pouco de arroz, tomando cuidado em deixar o suficiente para o menino, que comia sempre e muito. A todo momento, quando passeávamos, o menino empacava, fingindo indecisão, esperando uma aprovação que eu sempre daria, diante de uma loja de doces, um vendedor de cocadas, uma pastelaria. Ele queria que eu o acompanhasse, mas eu não era de comer muito e quando estava com ele tinha ainda menos fome. Quando eu aceitava, quase sempre era ele que, após terminar sua parte em alguns segundos, fingindo relutância aceitava terminar a minha, que eu já não aguentava.

"Chega de brincar com a comida", minha mãe decretou, puxando meu prato, tapando as panelas e começando a tirar tudo da mesa. Eu a ajudei a levar o que restava e deitei no sofá. Para que ela não me incomodasse e nem sequer pensasse em me acompanhar na minha espera, fechei os olhos e fingi dormir. Ela se aproximou, ficou parada alguns segundos ao meu lado, eu sentindo suas pernas próximas de mim, e foi enfim cuidar da arrumação da cozinha. De repente, no fiapo de janela que as cortinas deixavam entrever, a coloração do céu começou a mudar. O azul era empurrado por nuvens macias, aparentemente inofensivas, mas que se tornavam cada vez mais escuras. Um assobio contínuo começou a suplantar o latido dos cachorros, e não tardou para que ecoassem no céu acinzentado os primeiros estrondos. Algumas gotas pequenas começaram a deslizar pelo vidro e foram se multiplicando, até que a chuva, como longos fios penteados, se tornou a única paisagem visível. Quando eu era menina, amava o ruído dos pesados pingos no telhado. A chuva não era uma ameaça, era uma proteção, um escudo líquido que isolava nossa casa de qualquer perigo, que prendia todos os males em seus lares. Naquele momento, porém, o temporal trazia consigo, no isolamento que causava, um outro recado: naquela tarde, o menino não viria. Confortável, em lugar protegido, tão protegido que impedia as presenças do malfeitor e do herói, eu, dividida, hipnotizada pelo ruído das gotas e pelo assobio do vento, acabei adormecendo um sono sem sonhos. Quando despertei, a chuva caía fraca, e o escuro era apenas o de mais uma noite que se aproximava.

• • •

"Cacete, tô ferrado! Já é muito tarde, por que você não me acordou?" — o tom de voz de Emílio era de raiva e nós não tínhamos ainda intimidade suficiente para isso. O odor na sala era terrível, álcool e comida mal digerida misturados ao cheiro que escapava das latas de tinta. A noite ainda escorreria por um longo tempo pelas ruas e alguém que havia bebido e dormido a maior parte do dia não deveria ter muito o que fazer àquele horário, a não ser sair em busca de novos companheiros de copo ou de rabos de saia mais promissores. Eu não respondi nada, apenas continuei olhando-o, ele desfez a expressão agressiva e voltou ao roteiro habitual. Por alguns segundos, traíra a si mesmo.

"Então, querida, eu adoraria ficar a noite inteira aqui bebendo contigo, mas tenho um trabalho pra fazer agora e já tô começando mal. Nada muito sério, mas vai me valer alguns trocados. Mais uns mil desses e quem sabe um dia eu coloco um quadro seu na minha sala", ele completou, apontando para o grande quadro, cujas cores já não era possível distinguir.

"Você não conhece alguém que se interessaria?"

"Talvez. A mulher do editor do jornal, alguém assim. Se saísse uma matéria, uma notinha falando de você, aí com certeza você o venderia. De repente até consigo algo. Mas agora não posso mais ficar aqui conversando, tenho que ir" — ele arrumou os cabelos, com os dedos correndo da testa à nuca, e levantou-se, apoiando-se no encosto do sofá, como se não confiasse bem nas próprias pernas.

"Vou com você, aí você me fala mais no caminho."

"Comigo aonde?"

"Tanto faz. Você me deixa em qualquer lugar."

"É doida mesmo", ele falou para si, traindo-se mais uma vez. Em seguida, para mim: "Vem, vambora então."

Entramos no Del Rey e ele saiu apressado, fazendo barulho com os pneus, no asfalto. Não devia estar mentindo. Eu sentia meus músculos já incapazes de ceder até mesmo ao cansaço. Como se não houvesse estado bêbado pouco antes, Emílio falava sem parar, gesticulava. Eu, com a aparência que tinha, em seu carro, seguindo para um lugar desconhecido, sem me importar em indicar direção ou destino, sem ter ideia do porquê de tanta pressa: tudo isso parecia pouco importante. Eu gostava da situação, pois ele não exigia de mim nem mesmo respostas. Entre duas frases longas, quando parava para respirar, Emílio dizia "você é uma garota legal, é sim", e depois retomava o assunto anterior, sem que eu entendesse o porquê do "legal" e do "garota". Ele já deixara de ser garoto havia algumas décadas, mas era como se enxergava, e o carro devia ser contemporâneo da imagem que tinha de si. No banco de trás, empilhavam-se semanas de jornal, e o cheiro de papel envelhecido me embrulhou o estômago. Eu abri o quebra-vento, e o vento forte, frio, que fez com que Emílio falasse ainda mais alto, quase gritando, também serviu para me reanimar, o vento que tirava de sobre os meus olhos os fios de cabelos oleosos.

A densidade de edifícios, conforme avançávamos por avenidas onde eu nunca havia estado, diminuía. De enormes prédios envidraçados para edifícios residenciais, desses para casas, muitas, uma ao lado da outra, em bairros em que o céu estava um pouco mais longe dos telhados. Em seguida, enormes conjuntos habitacionais, com fileiras e fileiras de prédios idênticos, sem cor definida, e poucas árvores. Avenidas esburacadas, mato em volta, e algumas luzes perdidas no meio da escuridão. Estávamos nos afastando da cidade. Emílio falava como se a situação fosse normal, não transparecia nem um pouco o nervosismo que antecede o crime. Eu deixaria que ele me guiasse aonde quer que fosse, já havia decidido que nada de mal que fizessem contra mim seria contra minha própria vontade. Alguns instantes depois, a paisagem começou a se inverter: o mato rareou e novas casas modestas e bairros com ruas de terra surgiram. Em seguida, pequenos prédios começaram a disputar espaços livres no horizonte. Nada era tão grandioso, tão enorme e hostil quanto na minha vizinhança, mas era certo: estávamos em outra cidade e ele ainda não tinha mencionado o que havíamos ido fazer ali.

Em uma parte que devia ser o centro do lugar, com muitas praças, alguns casarões, jovens vadiando em frente aos botecos, havia uma pequena confusão diante de um pequeno prédio antigo, bonito e bem cuidado. Na porta, manobristas assumiam os volantes dos carros. Era para lá que Emílio estava se dirigindo.

"Imprensa, paro onde?", e o rapaz apontou uma pequena entrada logo após o prédio.

"Você vai gostar, querida, vai sim", ele falou com certa excitação na voz. "Muita gente de nariz empinado, bandidos dando a mão aos bem-intencionados, uma fauna interessante. Eu vou ter que trabalhar, mas nada de mais, jogo rápido. Você vem do meu lado me ajudar ou dá uma volta por aí e nos encontramos já, já. Se você conversar com alguém, notar algo estranho, escutar qualquer coisa, presta bastante atenção pra me contar depois, ok?"

Emílio tirou do bolso um crachá. Eu o arranquei de sua mão. Funcionário de jornal de cidade periférica, uma foto que devia ser bastante antiga — muito menos marcas no rosto e muito mais fios na cabeça.

"Ela é minha fotógrafa, esqueceu o crachá", ele falou ao segurança, sem me haver consultado, e eu, por cansaço, não traí surpresa. Nem máquina a tiracolo eu carregava, mas o senhor negro, de terno, enorme, não pareceu se importar com a falsidade da caracterização.

Eu precisava ir ao banheiro, e por isso assim que entramos me separei de Emílio. Entre homens de terno e mulheres de vestido, ele parecia se importar tão pouco quanto eu com os olhares de esguelha que recebia de toda aquela gente de alta sociedade provinciana que estava no salão. Outros jornalistas e alguns poucos fotógrafos de colete aguardavam entediados, nos cantos, e, em frente a algumas fileiras de cadeiras, muito bem dispostas, havia, sobre um palanque, mesa e microfones. Eu não tinha ideia do que aconteceria ali, mas devia ser um evento oficial, alguma solenidade. No banheiro, duas senhoras de rosto bastante maquiado aplicavam sobre a grossa camada colorida mais algumas pinceladas e conversavam sobre a posse do secretário, se ele viria com a esposa e as filhas ou se não ousaria trazê-las "ao ambiente onde estava a fulana".

Quando saí, a mesa já estava ocupada por alguns senhores de terno. Emílio estava agachado, ao lado da primeira fileira, agora já toda ocupada, como quase todas as outras, e tinha à mão um bloco onde escrevia febrilmente, embora ninguém estivesse falando ao microfone. Minutos depois, um homem foi ao pequeno palanque e começou a falar. Ele deixava o cargo, chegada a hora de se dedicar à família, a sensação de dever cumprido, o desejo de sucesso ao próximo ocupante da pasta, o apreço por ter servido à população, o meu quarto pegando fogo, um dedo purulento jogado na pia, um menino com os ossos salientes, e eu a cochilar encostada na parede. As primeiras palmas me despertaram.

Outro homem, mais jovem, de óculos, o terno muito bem cortado, parecendo ter sido feito sob medida para seu talhe, bateu duas vezes com a ponta dos dedos em seu microfone e sorriu satisfeito porque os estampidos haviam ecoado pela sala. Emílio se aprumou onde estava, e antes que o novo discurso começasse ele já estava a escrever, tão febrilmente como antes. Eu não tinha mais condições de prestar atenção. Sentei na última fileira e fechei os olhos. Imagens confusas, pessoas desconhecidas, eu mesma, diversas vezes, cada uma delas com um traço que a distinguia, e que eu não era capaz de apreender. Foi um sonho estranho, interrompido por um cutucão.

"Vamos, bela adormecida, é só isso por hoje."

Emílio me ajudou a caminhar em direção à saída. Quando entramos no carro, estava visivelmente excitado. Não comigo, felizmente.

"Tenho umas coisas fantásticas aqui, quero ver logo isso impresso. Vou acabar com a pose dele."

Eu não estava muito interessada, mas achei que o meu alheamento já deveria estar se tornando ofensivo. Tentei dar continuidade à conversa:

"Você tem uma coluna?"

"Não, repórter só."

"Entendi. E o que foi que disseram que pode atrapalhar a vida do cara?", eu questionei, porque não entendia como um discurso oficial, em cerimônia ensaiada como aquela, poderia causar problemas para alguém.

"Você vai ver, você vai ver. Na verdade não disseram nada, mas o que importa é que poderiam ter dito. E se poderiam ter dito pode ser escrito, né?"

Eu não achava aquilo interessante o suficiente para vencer meu cansaço. Virei a cabeça para o outro lado e comecei a cochilar. Só acordei quando o carro parou diante do ateliê. Emílio me deu um beijo no canto dos lábios, eu desci do carro e ele partiu. Um longo dia havia terminado e eu ainda não sabia praticamente nada sobre ele. Ele tampouco fazia muitas perguntas sobre mim e, devo confessar, eu estava em situação muito mais estranha. Ao menos eu achava. Descalcei o tênis, joguei a calça no chão e fui para a cama improvisada sem tomar banho e sem comer.

No dia seguinte, despertei no meio da tarde. A fome era absurda, agora. Uma náusea incapaz de provocar vômitos por mera noção da inutilidade; não havia nada mesmo ali dentro. A vontade era a de devorar pratos enormes, a fome enchia de cheiros minha imaginação. Só o que eu tinha, no entanto, eram algumas poucas notas que deviam durar até o fim do meu plano ainda inexistente. Eu me sentia livre, naqueles últimos dias, do jugo invisível a que me descobrira submetida. Logo me vinha à mente, porém, que a tranquilidade só contava a favor do espião e que Emílio era suportável demais, muito pouco incômodo, para deixar de figurar na lista dos suspeitos. Além do mais, o que diferencia o assassino do inocente são as circunstâncias. Escrever era seu trabalho, ainda que sobre mediocridades como as da noite anterior.

Com as roupas sujas dos últimos dias, fui até o pequeno supermercado da rua perpendicular à minha. Eu havia evitado o lugar nos últimos muitos anos, mas agora não me parecia mais um problema. Comprei maçãs, bananas, chocolates e batatas fritas. Dieta balanceada para um estômago em autodestruição deliberada. Quando cheguei novamente ao ateliê, ao lado da porta havia algo que não me chamara a atenção na saída: um jornal embrulhado em um plástico amarelo-claro estava encostado ao lado da soleira. Peguei-o e entrei. Certamente não era meu, mas nenhum vizinho se importaria de não ler naquele dia notícias que na edição do dia seguinte já teriam novos capítulos.

Enquanto comia as batatas, rasguei o plástico e descobri: era o jornal em que Emílio trabalhava. Ele devia tê-lo deixado à minha porta naquela manhã, enquanto eu dormia. Era mal diagramado, em cada página anúncios de lojas de roupas e lanchonetes conviviam com notícias que eram claramente um disfarce de coluna social. Muito mais medíocre do que eu havia imaginado. Certamente não era o principal jornal daquela cidadezinha.

"Dono de rede de escolas privadas é novo secretário da Educação", dizia o título da matéria, que trazia ao final o nome de Emílio e um sobrenome aparentemente de origem francesa. A matéria, bastante bem escrita, com a impessoalidade insípida que o jornalismo de sucesso exigia, trazia algumas declarações que certamente causariam alvoroço. Emílio havia entrevistado duas pessoas, cujos nomes ele omitia, que acusavam o tipo que assumira o secretariado de ser sócio — nos bastidores, é evidente — de uma rede de escolas privadas. Para alguém encarregado de gerir a provavelmente péssima educação municipal de um lugar como aquele, não era algo desejável. Os depoimentos eram contundentes, e a matéria defendia com algum exagero o sigilo das fontes, o que nas entrelinhas significava dizer que elas correriam perigo caso se expusessem, e que havia algo de mafioso em um governo que causava tal medo. As palavras são traiçoeiras, elas sempre dão um jeito de dizer mais do que deveriam. Eu não me lembrava de, naquela noite, tê-lo visto, em momento algum, conversar com entrevistados. Ninguém seria idiota de falar de assuntos tão delicados em uma festa na qual quem havia comparecido ou estava trabalhando, como Emílio, ou só estava ali para aplaudir. Durante todo o dia anterior, ele estivera em minha casa. Eu estava curiosa e queria saber os segredos que aquilo tudo escondia — o que era sem atrativos se tornava enredo do qual me parecia emocionante ser parte.

Na página seguinte, outro texto com sua assinatura comentava o trabalho de um pesquisador sobre uma seita que se perpetuava através de um ritual ainda não descoberto e que se espalhara pelo mundo a ponto de ser possível afirmar que estaria infiltrada em todos os grupos étnicos, religiões e continentes. Eu nunca havia lido nem ouvido uma palavra sobre aquilo e fiquei bastante surpresa: Emílio não me parecera, até então, alguém do tipo erudito. Tinha presença de espírito, um descontrole no olhar que impediam a decifração, e muita, muita malícia. O que já não era de todo mau, mesmo com a combinação disparatada de calças e camisas. Além dos comentários sobre o tema, havia uma pequena entrevista em que o pesquisador quase nada revelava sobre a tal seita, apenas que ela ganhava mais e mais adeptos, e que enquanto existisse o homem ela também existiria. Definitivamente, eu estava curiosa e aceitaria a armadilha que era Emílio, caso se provasse assim tão interessante. Se o fizesse, não poderia ser criação da mesma pena que me criava e me legava uma vida ordinária.

...

Se o amor fossem os nós que atassem à marionete os fios, e se de repente esses nós se soltassem e os fios se rompessem, onde acharia estímulo, o títere sem a mão que o animava, para continuar se movimentando? Meu relato dos dias que se seguiriam seria como um longo caderno espiral de folhas vazias, marcado apenas com a pauta da minha respiração. Faltava o amor? Não. Faltava a alguém a inspiração que me daria vida, que preencheria de minúcias os meus dias junto ao menino, e que agora, diante daquela encruzilhada, não sabia exatamente por onde prosseguir. Seríamos namorados, felizes, imunes aos pequenos contratempos que, ultrapassados, aprofundam ainda mais as fundações da futura vida em comum? A overdose de juventude no sangue, nos músculos, nas ações do menino o havia levado a interpretar o papel — solitário, porém afeito a comunhões; distraído, mas sempre certeiro no que quer o outro; imprevisível, porém nunca indesejável — que o corpo exigira para conduzir a menina aonde lhe pedia a pele, aonde lhe indicavam os dedos, aonde lhe guiavam os poros, aonde lhe levavam os sonhos? Ou nada disso, apenas uma curiosidade, um imperativo da inexperiência, uma exigência do inexistente círculo de outros inexperientes, pretensos experts, que criavam um interesse que ele aprendera a considerar genuíno; um amor inventado para se distrair, mas em que se acredita, e que após a dissolução do essencial no sensível, das palavras em peles e línguas e suores, se desfizera como espuma do mar. Minha inação era fruto desse bloqueio, da hesitação de um autor entre os caminhos possíveis. O menino não vinha porque quem decidia se ele viria não estava disposto, ainda, a fazê-lo vir. E esse alguém, num desmedido ímpeto dramático, talvez acabasse finalmente por me fazer sair da letargia em que sua falta de criatividade me havia colocado. Eu iria atrás do menino e quando, depois de muita espera, alguém respondesse às minhas batidas e me ouvisse, com lágrima a escorrer dos olhos, perguntar por ele, e me abraçasse, mesmo sem saber quem eu era ou tendo um dia visto meu rosto desenhado em papéis escondidos sob o travesseiro. Então eu descobriria o menino não sem amor, não já saciado com o que de mim até então obtivera, não na defensiva do gato e rato amoroso, mas sim morto, para todo o nunca. Um acidente, provavelmente, para esmagar com uma tonelada de acaso qualquer esperança. E minha narrativa seria então de fazer donas mancharem as páginas com o sal de sua tristeza, apenas porque seria mais fácil que ela assim prosseguisse do que comigo e o menino juntos, entranhados. Um personagem livre para viver novas aventuras, eu seria.

Na época, porém, eu nem sequer desconfiava que fosse vítima de uma entressafra criativa. Eu e o sumiço do menino éramos culpados por toda aquela inação, pela aridez dos dias. O fato é que, depois de mais de uma semana sem notícias, algo enfim aconteceu. Era absolutamente necessário que algo acontecesse, caso contrário, além da minha própria morte, morreria comigo sua figura de escritor. Só a vaidade impede os escritores, mesmo os ruins, de se suicidar. Continuamos vivos, os dois, ainda que eu nem desconfiasse de sua presença, perto de mim, tomando os cômodos de minha vida, um a um, obrigando-me a recuar, até que um dia eu me desse conta e fosse obrigada a tomar a decisão de abandoná-la. E para que eu seguisse me alimentando de sentenças, após muitos dias passados no quarto, com as férias a se esvair e eu ainda sem saber o que faria do meu tempo após o término do colégio, um entusiasmo inesperado — possessão por um deus completamente humano — me fez deixar o pijama no chão, vestir a velha calça jeans, um pouco mais larga na cintura que de costume, a camiseta e sair apressada de casa, caminhando como quem está na iminência de partir em disparada, num trote desajeitado e até um pouco ridículo. Havia um sol insuportável, não tanto pelo calor, mas pela luz; eu mantinha os olhos semicerrados e a cabeça baixa, e tentava me precaver de encontrões prestando atenção nas sombras que apareciam ao meu redor. Eu nunca havia ido até sua casa, mas já caminhara por ali com ele muitas vezes e sabia qual era. Não havia quintal, uma porta de garagem de metal escuro, um pouco oxidada em alguns pontos e, ao lado, outra porta, com vidros opacos e grades protegendo-os, era o que se via da casa onde o menino me dissera, apontando com o dedo de longe, morar. Sobre as duas portas, uma ampla janela, e logo acima o telhado. Não era uma casa bonita. Uma caixa de sapatos gigante com entrada e saída para humanos, entalada entre as paredes de um prédio, feio também, de poucos andares, e de um supermercado de bairro, daqueles cujos donos sempre são orientais.

 Eu fiquei parada pensando no que diria. Eu tinha, naquele momento, um único medo: o de que ninguém respondesse ao meu toque. Agressão ou amor, eu esperava. Ódio ou desejo, desprezo ou entrega. Mas nunca, nunca a suspensão do desfecho, após tanta angústia, após essa atitude que exigira de mim tanta coragem acumulada, como um último espasmo que pode salvar o afogado e que será fatalmente irrepetível, se falhar. Não toquei a campainha, com medo de que ele não estivesse ali. O ruído da rua movimentada me impedia, mesmo com a cabeça muito próxima ao vidro, de saber se havia alguém na casa. Pelo vidro eu imaginava ver, por vezes, vultos se movendo, mas talvez fosse apenas minha vontade a fabricá-la. O vidro opaco me escondia a resposta.

 Eu já começava a ficar envergonhada de estar ali, parada, onde não havia ponto de ônibus, tampouco vitrine, a olhar fixamente aquela porta. Apenas o pequeno supermercado ao lado e as pessoas entrando de mãos vazias e saindo com sacolas. Volta e meia, um chinês, depois outro e outro, talvez sempre o mesmo, saía, perdia um ou dois minutos de trabalho a contemplar a rua e voltava para dentro, para mais algumas horas no caixa. Por três vezes eu fiz menção de desistir e me afastei da porta. Por três vezes a ideia de ter de repetir, em breve, essa tão curta odisseia em busca do menino me fez voltar para junto da porta, à espera da audácia necessária para correr o risco de descobrir do que ele se escondia.

"Tem uma revista ou um livro pra me dar?", uma voz agressiva me despertou. Um homem, cuja aproximação eu não havia notado, me olhava, encostado na parede que separava a casa do supermercado, esperando uma resposta. Seus cabelos enormes tinham nós que pareciam antigos, impossíveis de desbaratar, e um formato estranho, que parecia moldado não pela abstinência de água, não pela fumaça sólida dos carros, mas sim por um escultor — era como se houvesse alguma intencionalidade escondida naquele desarranjo. Um cinza enegrecido, que se estendia pelo rosto e pelos braços. A idade era indevassável na pequena superfície de pele que a calça surrada e a camiseta imunda deixavam entrever.

"E aí, tem ou não tem? Porque comida, comida tem muita, pra todo lado, não sei nem por que você se preocupa em comprar. Comida ninguém nega, não. Você sai aqui do supermercado abrindo um pacote daquelas bolachas, equilibrando sacolas, o arroz e o feijão, e de repente eu apareço e peço: um lanche, uma besteira qualquer, fome, sem comer faz três dias, sabe como é, et cetera e tal. Diz que não? Diz nada! Comida é assim, só pedir que dão, o que tá pra estragar, que na verdade vai durar muito ainda, viu, dura anos, e mulher não compra, pensando que só porque ali diz uma data, já era, tá ruim então. Tá não. O que ninguém vai comprar eles dão, não sempre, pra gente não ficar morando perto demais, comendo e bebendo e descansando que nem rico, só que na porta deles, espantando. Água eu peço e glup, já era. Dormir é ruim só no começo. Novato acha que não aguenta, mas aguenta. Acostuma as costas, as costelas, o pescoço... A gente vai ganhando forma de piso, textura de chão, vai se encaixando. Digo assim: a gente se concretiza. Dizem que a dureza faz bem pra coluna. Aí também não, né. Bem o caramba. Mas acostuma."

Eu não respondia, ele falava ininterruptamente, o olhar fixo em mim. Falava alto, mas não o suficiente para se destacar do burburinho contínuo que assola a cidade, ruído da chuva de acontecimentos que zune sempre no ouvido da metrópole. Assim, ninguém parou para ouvi-lo. Ele tampouco assustava, a sensação era a de ouvir um velho professor da escola me repreendendo por não haver compreendido algo evidente.

"Agora, o que não dá mesmo, o que tem que ser louco pra suportar, ah, é o tédio... Isso é que faz o cabra falar sozinho, manja? Neguinho que grita no canteiro central, que se isola pra sempre no terceiro lado da rua? Que fala língua desconhecida? Dá um bico pra ele, pra você ver, algo pra se ocupar, só. Sara rapidinho. O tédio é que não dá. Você acorda cedo, com a luz do sol no quarto, brincadeira, mas é cedo mesmo, tipo cedo quando o sol aparece e os carros dão cria na avenida. Você percebe que o olho abriu e não quer deixar não, quer que ele feche na hora e se esqueça de que já dormiu, porque dali em diante você tem o tempo te maltratando. A gente anda não é atrás de nada não. É pra lá e pra cá, pra lá e pra cá porque, se ficar parado, das duas, uma: ou te expulsam, porque ninguém quer dar de cara com a gente, toda hora, na porta, ou você vê coisa que o diabo inventa. Tomar um pontapé, uns xingos, é rotina, a gente tira de letra. Agora, ficar ali sentado, se coçando, vendo o povo passar de um lado pro outro, carro indo e vindo... Sabe que a gente fica até ruim? Não ruim de doente, ruim de ruindade mesmo. Porque na rua, se tem surpresa, não é surpresa boa. Do asfalto não sai flor não, menina. Na rua a gente evita as coisas boas, guarda elas pra viver dentro de casa. Fala aí se não tô certo! Opa, aqui tem cabeça. A gente fica ruim. Porque o tédio faz a gente torcer pra surpresa, e a surpresa na rua nunca é boa, não. A gente quer é que o bacana não freie e dê de frente, com tudo, no carro do outro. Se vier polícia, bombeiro, melhor. A sirene dá um rodo no tédio. O sossego da rua é a desordem. Por isso é que a cidade odeia os domingos, sabe, no domingo a cidade grande não tem sangue na veia — essas pessoas circulando, entende? Eu conheço muito bem. A cidade é minha mãe, deixa presente no canteiro."

Um chinês saiu do supermercado, parou por meio minuto do lado de fora e fingiu que não prestava atenção em nós, enquanto o homem continuava a falar. Antes de entrar, iniciou um passo, que seria em nossa direção, talvez na intenção de expulsar pela milésima vez o pedinte que não deixava os clientes em paz, ora, quem quer mesmo trabalhar, consegue, não fica vagabundeando por aí, pensa que pai e mãe vieram ricos pra cá? Não, vieram sem falar uma palavra dessa língua e construíram tudo, tudo, porque tinham força de vontade e eram honestos, não eram como você, aí a importunar a menina... mas o chinês abortou o passo, cujo contorno invisível prosseguiu no ar até morrer perto das costas do mendigo. Até então, dez vezes expulsara aquele inconveniente dali, dez vezes ele retornara e recomeçara a conversa com quem quer que estivesse na porta do supermercado, até mesmo com os chineses, nos poucos instantes em que saíam para esticar as costelas constantemente curvadas atrás da caixa registradora.

"E roubo? Eu fico ali deitado no canto, e de repente ninguém mais repara em mim não. Se você não se mexe muito, tá ali admirando a vista, de repente fica invisível. O que é bom, viu? A menos que seja dos que gritam e falam línguas, dos que não suportam a chegada da besta-fera, a tarde comprida que o tédio alonga. Fica invisível, e camuflado desse jeito eu saco tudo. Saco a mulher fechando o vidro depressa enquanto o carro diminui, diminui. A de trás não. Ela tá falando no telefone, com um pedação assim do vidro aberto, ó, dá pra enfiar o braço todo. Aí, quando todo mundo para, os moleques já ganharam quem é quem e vão caminhando pelo meio-fio. Elas nem olham no rosto de quem vem passando, acompanham pelo espelho ou com o cantinho da vista, e de repente, bum!, já estão com a lâmina no pescoço. Tem os que fazem cara de criança, fazem não, é a deles mesmo, ué, é criança e rouba, é um e outro, tudo ao mesmo tempo, vida na rua é assim, filha, cada um é cada um, dois ou três, então chega com a cara e uma mão espalmada, pedindo, mas a outra mão é quem toma a dianteira e a lâmina tá no pescoço. Ninguém ajuda não! Quem arrisca? Buzina, no máximo. Mas antes trava a porta. Não falei que a gente fica ruim? É o que tem pra distrair."

No fim da quadra, por trás do ombro do mendigo e de seus gestos, didáticos, desenhando em lousa imaginária, eu avistei o menino. O homem vislumbrou meu estremecimento e nele divisou um imprevisível (e desnecessário) interesse em sua prosa, e empostou a voz como que para fazer jus à minha atenção. O menino se aproximava, ainda não havia me visto, sumia atrás de alguns pedestres, reaparecia, e um pânico tomou conta de mim. Eu precisava correr, e corri. Mas no sentido contrário. O homem continuou falando, e só parou quando eu já estava escondida dentro de uma loja, a alguns metros da cena, acompanhando o menino entrar em casa. Ele não parou de imediato. Os círculos no ar que suas mãos desenhavam foram diminuindo de raio, sem público agora, ele seguiu ensinando, mas em voz cada vez mais baixa, até que só o que se via eram seus lábios se movendo. Até que enfim se deteve, olhou ao redor, virou-se e saiu numa marcha sem pressa para o lado de onde havia vindo o menino.

Saí da loja e parei em frente à porta recém-fechada. Agora ele estava próximo e a única incerteza era a que eu tinha. Muito tempo já havia se passado depois que ele entrara, e eu ainda a ver mosaicos no vidro, a formar um rosto conhecido em seu caleidoscópio imóvel, torcendo para que os dias corressem, as noites acabassem, chuva e sol se alternassem enquanto a coragem não vinha, e talvez a inanição ou a sede resolvesse o dilema eterno da última meia hora, e súbito a porta foi quem se decidiu, abrindo, e olhos assustados se chocaram com os meus. Braços não souberam como agir e uma mão se manteve na maçaneta. A boca, assim de improviso, não pôde exprimir mais que surpresa, e eu, dissimulada, não pude fingir senão que estava prestes a tocar a campainha, ao ver o menino transformado em pedra pela minha visão. Não sei quanto tempo levou, mas o silêncio me impôs a necessidade do beijo. Sempre fora o contrário: ao ser obrigada a ouvir alguém contar histórias modorrentas, ao ter de mirar ininterruptamente os olhos incendiados pela excitação do monólogo, que só eu sabia entediante, quase insuportável, e que aguardavam ansiosamente por um meneio meu de cabeça para autorizá-lo a seguir vomitando frases abomináveis sobre temas insípidos, e sem ter ninguém com quem dividir a atenção e nem ter a opção de morrer instantaneamente, me vinha à cabeça, de repente, a ideia de calá-lo com um beijo, fosse quem fosse, fosse homem, mulher, criança, fosse amigo ou parente, belo ou repugnante, colar os meus lábios aos seus em um beijo que impedisse a continuidade da tortura. Não nesse caso. O silêncio, nesse caso, é quem me impelira. Com a inspiração da minha boca colada à sua, eu esperava sugar de dentro de si as frases que sozinho ele não era capaz de me dizer e descobrir enfim o que o fizera se conformar, ainda que com a distância eu o houvesse incentivado.

• • •

Por quatro dias eu permaneci no ateliê, quatro foram os quadros abortados. Em uma Madona em estado embrionário, em uma paisagem na qual já se adivinha, nas grossas camadas de tinta azul-escura, a ressaca do mar, ainda que o céu seja por enquanto só a densa trama ocre da tela ainda intocada, nesses já se pode antever alguma beleza. De Pollock, porém, ninguém nunca verá um estudo. Por isso, de nada me serviam aqueles quadros abortados. Eram na sala quatro janelas mal inventadas que só conduziriam ao caos desejado se eu um dia as finalizasse, e que estavam ali como testemunhos de um fracasso. Talvez alguma espécie de retaliação: quanto mais eu sabotasse a criação da qual eu fazia parte, quanto mais me esforçasse para ultrapassar a margem esquerda de minhas páginas, mais seria impedida de criar. A afasia dos últimos dias poderia significar mais palavras em outra pena.

No quinto dia, Emílio reapareceu. Entrou, instalou-se no sofá e não disse nada além de um oi, como se fôssemos já tão conhecidos que a explicação da visita não fosse necessária, ou fosse até mesmo ofensiva. Não o éramos, mas ele tinha plena razão: agradava-me não haver razão alguma. Eu não fazia parte de nenhum romance policial, até então, e não dependia de razões determinadas. Se um estranho mata outro apenas porque a luz do sol lhe incide nos olhos em um ângulo indesejado, acabou-se qualquer possibilidade de investigação. Por isso a realidade é tão pouco carente de Maigrets, Poirots e Dupins.

Emílio não tinha ar de quem silencia porque lhe tapa a garganta algum nódulo de angústia, nem qualquer sinal de tristeza ou introspecção: eram sempre o sorriso um pouco malicioso e os olhos alucinados, mirando tudo ao redor.

"E então, deu a repercussão que você esperava, a matéria?", eu perguntei curiosa.

"Não, nem tanto. Houve alguma pressão, ligaram duas ou três vezes ao jornal para exigir os nomes ou o dono da cabeça onde eles estavam escondidos, mas o chefe precisa de mim e sabe que em dois ou três dias algo novo surge pra ocupar o centro das atenções. Uma decepção, enfim, mas nada inovador."

"Pelo menos você manteve o emprego. Ficar desempregado junto com o secretário não te ajudaria em nada."

"Ajudaria as pessoas a verem que o cara é uma farsa, que o governo é uma farsa, que tudo é uma farsa."

"E quem são afinal essas pessoas que estão denunciando?"

"Não são, querida...", respondeu Emílio, abandonando o tom ríspido da última fala e retornando à doçura habitual. "Aquilo tudo é verdade, mas ninguém me falaria. Então eu inventei. Era o que eu podia fazer nesse caso. Se só escrevesse o que me dizem, eu seria muito mais mentiroso, não?"

Como jornalista, este era seu procedimento: o que havia acontecido, o que seus olhos haviam registrado e seu bloco havia armazenado em garranchos tortuosos, tudo isso era só uma parte do que ele transformava em verdade nas páginas do jornal. O que faltasse, ele inventava. O que fosse demasiado entediante, ele modificava. O que não o agradasse, como o caso do secretário, ele reconstruía. Talvez fosse desonestidade, mas depois de uma hora de exemplos — alguns bastante banais, fantasias sem consequências que apenas tornavam o cotidiano um pouco mais interessante, outros graves, que se descobertos acabariam com a reputação que ele, por sorte, nunca teria em jornal tão ordinário —, depois de entender que aquela prática era o que fazia seus olhos ganharem a aparência vidrada, eu compreendi que a imagem que ele tinha de si era a de alguma espécie de terrorista cultural. As verdades inventadas que ele inseria no cotidiano da pequena cidade eram um espelho melhor da realidade do que os textos padronizados de seus colegas. Pelo menos era o que ele pretendia.

"Não é só mais uma forma de mentira, essa sua?", eu o interrompi, e ele estancou bastante surpreso. "Talvez mais cruel, porque parece administrar um remédio enquanto injeta um veneno?" As histórias inventadas podem ser benéficas porque são inventadas, e não porque são histórias.

"Sou pago pra produzir realidades, querida. Não sou escritor. Minha intenção é que as pessoas acreditem no que escrevo, que minha caneta é imparcial, que nem há um homem por trás do texto, que a realidade se reelaborou e se retransmitiu em forma de manchete, título, frases, parágrafos, et cetera."

"Não sei. Talvez a ficção seja só uma outra realidade. Talvez sejamos instrumentos de algum deus que, através de nós, escreve nos livros o mundo que realmente quer que seja criado. Talvez a realidade seja a dos livros e sejamos apenas os intermediários que a construímos, alguns a escrevendo, outros a mantendo viva e espalhando-a como um vírus através da leitura. Um sonho que sonha outro sonho. Não me espantaria se não passássemos disso."

"Muita metafísica, linda. Eu só não quero que a invenção da verdade esteja nas mãos de pouca gente. Os meus interesses podem até ser menos nobres, espero que não, mas quem sou eu pra dizer? Mas quanto mais gente produzindo verdades, especialmente se forem contraditórias, incongruentes, conflitantes, até mesmo inverossímeis, mais ficará evidente que a desconfiança é o principal ingrediente da percepção. Eu trabalho nisso. Não tanto quanto gostaria, porque tenho um emprego a manter."

"Nunca deu errado?"

"Já, sim. Mas nada que tenha me causado mais do que meia hora em sala fechada com um chefe de redação. Nessa hora você alega que apurou mal, que te passaram informações erradas e que você não teve tempo de verificar, sabe como é, quatro matérias em uma única manhã. Não diz, é claro, que estava na padaria comendo um pão com manteiga e bebendo um espresso enquanto escrevia o texto todo, em vez de estar onde as coisas realmente deveriam estar acontecendo. Pra manter a situação estável, as pessoas se esforçam para acreditar em qualquer mentira, por mais estranha que possa parecer."

Eu acreditei durante a vida inteira. Um dia percebi que havia muitas histórias mal escritas ao meu redor, e que elas atendiam sempre a interesses que não eram os meus. Havia certo padrão, algo de que eu desconfiava e que me causava uma angústia cuja origem eu até então não adivinhava. A vida era só uma grande sequência de felicidades adiadas. Eu sofria para que os outros continuassem a me acompanhar, com pressa, sem poder me deixar. Mas a qualidade de minhas aventuras era tão baixa que no meio do caminho eu já me sentia abandonada. Eu sofria sem razão — se minha história nunca seria lida, que fosse pelo menos doce a ponto de matar formigas. É por isso que uma morte é necessária. Se a desistência de mim for algo realmente impossível, como tem me parecido, só restará esperar que seja ele quem desapareça.

• • •

"Eu pensei que você estivesse brava comigo. Pensei que não tinha sido como você esperava", o menino sussurrou, assim que nossos lábios se descolaram. Eu não respondi. O que havia se passado no meu quarto, naquele dia, fora algo irrefletido; o corpo pedia, mas não a mente; a mente preferira, para se defender, não se antecipar em pensamentos, em anseios. Ele estava enganado: eu não sabia o que esperar. Tampouco estivera brava com ele, e talvez justamente por isso não pudesse vê-lo naqueles dias: ele era uma necessidade aguda, que se espalhava pela carne e pelo espírito, sem distinção, como nunca antes. Eu deveria aceitar sem medo essa invasão avassaladora, essa perda de unidade que me descontrolava as percepções?

Não havia ninguém na casa. Conversamos sobre o que havíamos feito nos dias sem notícias um do outro. Eu estava tensa e também o percebia pouco à vontade. No sofá, embora estivéssemos abraçados, eu notava nele certo cuidado para não deixar que o gesto da mão, percorrendo meus cabelos, meu braço, ultrapassasse a fronteira da ingenuidade. Eu também me continha — é preciso menos coragem para o primeiro salto do que para os seguintes.

O espaço invisível que havia entre nós ia rareando conforme as frases iam e voltavam. A escuridão que tingia o vidro clareava ao menos um pouco o caminho que deveríamos seguir: o que quer que viesse, dali por diante, seria uma reencenação não ensaiada daquele mito particular que nós havíamos inventado sem nos dar conta. Quando fosse necessário, as respirações emitiriam o alerta e os sinos anunciariam dentro de nós o início dos ritos pagãos. Foi só a partir de então, quando a falta de ar se rarefez, que eu senti a vertigem de estar onde se quer estar, com quem se quer estar, da forma como se quer estar, a ponto de se desejar a paralisia completa. Um congelamento nessa sensação que, fosse a morte, não seria, entretanto, mal vinda, antes desejável, um entorpecimento contínuo, eterno, uma gargalhada que não se pode deter, perenizada no exato momento entre o surgimento das lágrimas e o das primeiras dores no abdômen, que transformam o prazer absoluto da rebelião da alegria, na forma de dentes escancarados não temendo se mostrar, em uma dorzinha, um desconforto que diz que nada pode ser só ápice. A sensação trazia em si, portanto, o prenúncio da queda. Mas eu não o percebia, naquele fim de tarde, início de noite, cujos minutos íamos devorando, em uma conversa que reunia em sua amenidade todos os elementos de um bem-querer sincero e promissor.

Eu não sabia, até então, se o amor, para nascer, dependia mesmo de um investimento no outro, como eu havia lido. Se fosse verdade, se essa entrega fosse realmente necessária para a existência dessa entidade que nos mesclava, ali naquela sala, eu seria artífice e então o menino haveria sido minha melhor — e única — criação.

Súbito, o menino saiu da sala por alguns instantes.

"Pera aí", ele saltou do sofá e entrou apressado por uma porta, detrás da qual eu pude entrever os móveis de um quarto.

No início, houve a reminiscência dos instantes anteriores. O brilho desse halo, porém, foi esvaecendo à medida que o retorno do menino tardava. Um tempo depois, desapareceu por completo e a sala se tornou noturna. A partir daí, uma nova série de instantes se iniciou. No primeiro, minhas mãos perderam a razão de existir. No segundo, a inanição castigou minha pele — era a ausência de seus dedos. Em seguida, meus lábios ressecaram, minha história se embaralhou, meu estômago sobrepujou o coração. A completude, que eu acreditara vinda para se perpetuar, era mais frágil que a sinceridade de um poeta. Eu não podia me levantar, ir atrás do menino e descobrir por que ele me impunha aquela abstinência. Eu não devia chamá-lo. Eu precisava que ele fosse, também, meu criador nessa história que compartilhávamos.

Eu notava cada segundo. Estava realmente escuro agora e só me restava observar — quando algum carro cruzava depressa a rua em frente e o feixe de seus faróis, transformado pelo prisma da janela, criava uma faixa de claridade que percorria a parede e um pedaço do teto até escoar novamente pela janela por onde entrara — as paredes, a estante quase vazia, alguns vasos com saudades de flores. O barulho era constante: vozes da calçada, carros, uma sirene, uns identificados, outros irreconhecíveis, muitos assustadores, poucos harmoniosos, ruído e música. Nunca passos ou uma palavra a mim dirigida que me resgatasse daquele ermo.

...

A conversa seguia dia adentro e eu já tinha então, em minha cabeça, uma imagem de Emílio que não era mais completamente dependente de minha imaginação. Ou era? Mas ele havia ao menos me dado algumas informações que guiavam a criação de si que eu fazia. E assim, obrigada somente a preencher os contornos, era mais fácil inventá-lo, compor uma personalidade que explicasse seu estado de constante dissimulação maliciosa, seu interesse desmedido e incondicional em mim, suas ambições pseudorrevolucionárias.

Era um personagem que tinha lá seus méritos. O que não era de todo bom, no meu caso. A mediocridade seria melhor aliada naquele momento. No entanto, se era mediocridade o que eu buscava, eu não tardaria a tê-la. Algumas batidas na porta, de início tímidas, que eu preferira fingir não ouvir. Mais fortes, em seguida.

"Tem alguém lá fora...", Emílio se dera conta.

Eu não esperava ninguém, mas não me incomodaria de ter companhia. Para quem não sabe as próximas etapas de um plano mal concebido e executado de modo ainda pior, uma surpresa pode ser tanto um risco quanto uma oportunidade. Eu me levantei e fui até a porta.

"Olá, eu fiquei sabendo...", Matias me olhava, esperando um sinal que o autorizasse a entrar, ou alguma reação qualquer, que permitisse a alguém tão limitado ter uma ideia de como deveria agir. Eu respondi ao seu olá, mas não me mexi, nem esbocei descontentamento ou alegria. O que me decepcionava era a absurda falta de novidades que se instaurara em minha vida. Eu não tinha tempo para algo que não fosse vertiginoso, arrastar-me por páginas a fio não era condizente com a minha expectativa de fim ou abandono iminente.

Como ele não se resolvia, eu me afastei para detrás da porta, e o caminho que se abriu foi interpretado como o convite que efetivamente era, sem que eu precisasse dizer nada. Eu não pude ver a expressão de seu rosto quando percebeu Emílio no sofá, esparramado, horrivelmente confortável. Emílio é que me diria, num outro dia, que aquele até então desconhecido o mirara como um animal que acabara de perder a disputa por uma fêmea no cio. Emílio não se perturbou. Eu só pude achar que aquele encontro inusitado no meu sofá renderia diversão como eu não tinha havia muito tempo. Quando me dei conta do potencial bizarro da situação, procurei torná-la o mais palatável possível para Matias, para que ele não pensasse em estragar tudo se sentindo inconveniente e desejando ir embora. Busquei uma garrafa de vodca quase cheia, três copos, e sentei no chão, diante deles dois, de modo que, do alto do sofá, se tivessem sorte, pudessem antever, quando o ângulo lhes fosse conveniente, por dentro da gola folgada de minha camiseta velha, os meus seios. Eu esperava que isso mantivesse Matias ali. Emílio, bem, Emílio parecia quase sempre não ter mais o que fazer.

"Você é...", Matias iniciou a frase, esperando que Emílio a completasse, assim que se sentou no único sofá da sala.

"Emílio, muito prazer", e deram as mãos, cordialmente.

Nos olhos de Matias eu vi que a resposta não fora suficiente. O que ele esperava era descobrir se Emílio era da família, um amigo, um amante, e quanto tempo permaneceria ali.

"Eu fui até seu prédio e me contaram do acidente", Matias me inseriu na sala.

"Uma fatalidade, um azar. Confesso que agora, depois de alguns dias, já parece algo do passado. Tem até um lado bom: é como se tudo o que aconteceu naquele apartamento não existisse mais", eu respondi para provocá-lo.

Naquele apartamento, estivéramos juntos diversas vezes. Matias não estava preocupado com nada além dele próprio quando viera até minha casa me procurar. Havia algo a saciar, e só.

"E você, que nos conta? E as cadelinhas?", eu disse, e Emílio deixou transparecer algum susto, que se transformou em sorriso malicioso, de quem sabe que há algo interessante por acontecer. Tinha talento, o canalha.

"O trabalho vai bem. A branquinha, a que você conhece, é que está me deixando preocupado. Doente, não sei bem ao certo ainda o que é."

"Coitada! Justo ela, seu xodó... não há de ser nada", respondi num tom triste, alisando sua perna como quem tenta consolar e imaginando o efeito que minha mão poderia lhe causar.

Emílio já havia terminado seu primeiro copo e o encheu novamente. Mantinha os olhos fixos, ora em mim, ora em Matias, e um sorriso que quase fazia transbordar, com a malícia que dele escorria, o copo ainda cheio de vodca. Ele devia me imaginar alguém que, em alguns instantes, estaria no sofá transando com aquele homem, que ele ridicularizava calado, mas sem muita dissimulação.

Emílio encheu novamente o copo de Matias. "Gelo?", Emílio perguntou. E como fosse o dono do lugar — gesto aparentemente descompromissado, mas que trazia em si uma alta carga de intenção e que Matias, limitado que era, certamente não seria capaz de perceber, com a razão, mas que o incomodaria — levantou-se e foi até a cozinha buscar o gelo para o novo amigo. O golpe de mestre viria em seguida: com as mangas compridas da camisa florida dobradas duas ou três vezes, deixando entrever os pelos negros do antebraço, que chegavam até o dorso da mão e talvez até mesmo à palma, Emílio trazia em cada mão duas pedras de gelo. Não seria nada, se fosse o meu copo. Porém, sem que eu jamais houvesse comentado, como se Matias fosse um personagem conhecido ou devassável em poucos minutos, Emílio nele adivinhara, talvez por conta do comentário sobre a cadelinha, alguém que sofreria tanto com a perspectiva de beber algo com aquele gelo quanto com a possibilidade de desagradá-lo, e a mim também.

"Aqui está", Emílio lançou, já metendo as pedras copo adentro com alguma displicência, mas ainda assim de uma forma que desse ao gesto um ar de educação e cortesia.

"Obrigado", Matias se limitou a responder, olhando para as pedras no copo.

Em seguida, voltou ao tema do incêndio, no qual se sentia mais seguro. Fazer-nos pensar no apartamento era a única forma de tentar resgatar algum traço do passado que pudesse servir como amostra de intimidade diante de um macho concorrente. Eu respondia com um pequeno grão de proximidade, e outro, outro e outro, conforme ele insistia. Eu alongava as falas, estendia ao máximo um assunto que não renderia algumas linhas, somente para ver, deleitando-me, a maneira como ele ensaiava levar o copo à boca e, no instante em que os lábios se aproximavam da borda, olhava rapidamente para o gelo presente no copo, infectado, um viveiro de seres invisíveis, e como ele então desistia e dizia uma frase qualquer. Eu respondia, até que alguns segundos depois ele fazia menção de beber — quem tem um copo nas mãos e está ansioso, incomodado, leva o copo à boca freneticamente — e de novo eu me regozijava com o discreto espetáculo de seus detestáveis receios, de sua tão sonhada assepsia. Até que ele deixou o copo no chão, ao lado do sofá, esperando não ser notado.

"Parou, já? Está bêbado? Já foi mais forte, hein..."

Alguém que não estivesse naquela sala e me ouvisse encontraria na frase uma indicação de relação antiga, amigos, talvez, amantes, quem sabe. Mas Emílio sorriu para mim, reconhecendo a agulha fina, mas comprida, que eu enfiava em uma ferida quase imperceptível que ele abrira.

...

Súbito, do pranto que estava prestes a nascer daquela solidão, fez-se o riso, em forma de cócegas em meu pescoço; um predador se aproximara, e eu, na ânsia de querer ser vítima, nem o notara. A sombra que sobre meu corpo se havia instalado escorregou para debaixo das almofadas, rapidamente, sombra que eu mesma alimentara de minha insegurança, e que os dedos do menino, em minha pele, por fim lograram expulsar. Estivera tomando fôlego para mais um mergulho, o menino? Sorvera longe de mim o ar que minha presença lhe roubava? Se expirasse, sem ar, mas ao meu lado, e minha existência o completasse de tal forma que nem mesmo o ar lhe fosse necessário, nem mesmo a vida, quem sabe, eu então aceitaria feliz o destino romântico de um convento, para o resto de minha vida, ou de uma lufada de ar gelado após valsa imaginária, que fatalmente me faria encontrá-lo no Hades dos maus personagens. Havia, entretanto, a insegurança demasiado mundana, demasiado real, para balançar meus sonhos amorosos de banca de jornal. Esses pensamentos vieram depois, muito depois. Naquele momento, quando dedos sutis, que se faziam notar apenas pelo deslocamento de um ínfimo de ar e por minha pele experimentando um exagero de sensação, por sob os fios tingidos de noite que cobriam minha nuca, naquele momento eu não era capaz de pensar em nada. Instantes depois, seus dedos se fizeram sentir mais fortes, seu percurso mais longo, seus movimentos mais urgentes, os corpos expulsaram as almas e voltaram a se entender, e o ritual enfim se repetiu.

Depois desse dia, os desencontros cessaram. Eu sabia onde encontrá-lo, e o sabia sempre feliz em me receber, ele não hesitava em ir até minha casa, e minha mãe não tardou a se acostumar com sua presença entre nós, que se alongava. Quinze minutos e um café. Uma hora, entre, almoce conosco, sim, tem pra todos. Algumas horas, fiquem à vontade aí vendo televisão que eu vou costurar no quarto. A noite dando lugar à madrugada, eu vou dormir, sabe como é, velho dorme cedo, boa noite, e cuidado na hora de ir embora, viu? No dia seguinte de manhã, não houve constrangimento quando o menino sentou à mesa, diante da xícara vazia que já esperava por ele, com os olhos vermelhos de uma noite maldormida, mas muito bem aproveitada, e os cabelos em revolta. Minha mãe o serviu, ficou contente com a ansiedade com que ele devorara os pedaços de bolo e sorriu para mim, me autorizando. Eu também tinha os olhos vermelhos, mas mais ainda o coração. E esse empurrava pelas minhas veias letras minúsculas, que percorriam os sinuosos caminhos do meu corpo, me faziam mais viva do que eu jamais me sentira, com adjetivos a me colorir a pele e que chegavam à cabeça e me turvavam a visão.

As coisas do mundo transbordavam de significações. Eu caminhava pela rua, só, cumprindo alguma obrigação rotineira, e, nos estímulos que a realidade me oferecia, tentando talvez me resgatar da autossuficiência em que eu me encerrara, e que fazia do universo exterior a mim apenas uma extensão de meus sentimentos, nesses estímulos eu vislumbrava mensagens, muito claras, cujo tema era o único a me interessar: o amor, ponto invisível que concentra todas as coisas do universo, de todos os tempos, e empresta cores e sabores ao pedregulho na calçada, à canção simplória que um carro espalha, à nuvem que lembra um rosto de perfil, ao fiapo de conversa capturado em um ponto de ônibus. Saía de mim esse jorro de sentidos, que com todos os seres do mundo criava uma comunhão nunca até então experimentada? Ou sempre existiu, antes e sempre, esse amálgama, essa massa amorfa de conforto absoluto, e foi necessário apenas que meus olhos se desconectassem da mente e se ligassem aos poros, aos pelos, ao estômago e ao coração, para que enxergassem finalmente esse contínuo que o ato de nomear insistia em dividir?

Eu caminhava e o sol forte e amoroso ameaçava deixar marcas na pele. Dois cães rasgavam um saco de lixo, na calçada, farejando ali algum alimento. Em uma rachadura do muro pichado que circundava o terreno baldio, brotara uma minúscula flor, de cor pálida. De alguma janela, arranhões repetitivos de violino mal tocado escapavam, agradável ruído da persistência. Um homem e uma mulher discutiam, tentando manter inutilmente a voz baixa, e quanto potencial de felicidade numa reconciliação posterior havia naquele desentendimento momentâneo. Se houvesse frio, abraços, se calor, passeios. Se chuva, ser crianças juntos, enfiar os pés na corredeira do meio-fio, fazer correr barquinhos imaginários de folha rua abaixo, recomendações mútuas de banho quente e se o resfriado vier, eu cuido. Se nada acontecesse, nenhum obstáculo à fruição total e absoluta do sentimento, que por si só era capaz de se estender de uma fronteira do universo, ainda que infinito, à outra e ocupar todos os espaços, maleável que era, fluido que era, multiforme. O amor transformara o mundo em alegoria. Eu estava preparada para insuflar a vida de meus pulmões em todas as coisas? Seria capaz de decifrar os recados que havia, em tudo, todo o tempo, ao meu redor?

Como se sustentara o mundo, tão esvaziado antes do menino? Nós éramos todas as perguntas e todas as respostas.

● ● ●

Matias partiu, Emílio parecia que nunca iria. Era fim de tarde, curto período de vermelhidão em que eu sentia falta de horizontes. Alguns raios enviesados se desviavam dos paredões dos prédios ao redor para me lembrar disso. Como eu já não falasse nada desde a partida de Matias, para desautorizar qualquer comentário que carimbasse de cumplicidade nossa amizade não protocolada, Emílio percebeu que era momento de me deixar e o fez sem nenhuma ruga de contrariedade. Pelo contrário, dele escorria como sempre o sorriso de réptil que me garantia seu retorno em um momento inesperado.

Quando fiquei só e a sala desavermelhou, a escuridão estava pronta a apagar até a manhã seguinte as telas descobertas. Uma sensação insólita se apoderou de mim. No início, uma leve impaciência, uma comichão nas mãos que as impedia de se resignar no braço do sofá e induzia os médios e os indicadores a buscar o conforto de cigarros imaginários. Não era o tédio, não, pesadelo que eu já havia domado quando decidira ser completamente inútil, descartável. Não era a solidão, inimiga dos romances, sempre tão cheios de criaturas destinadas a alterar os destinos umas das outras.

O que me incomodava, nos últimos dias, era a aparente ausência de metabolismo que me acometia. Dias e dias sem fome. Nas últimas vezes em que havia comido, muito mais o hábito do que o vazio no estômago o havia exigido. O hábito, doença de mais lenta cura. Intestinos, bexiga, nada. O nariz mal respirava, e eu me aproximei do espelho para ver se o pintava de fosco e fazia desaparecer minha imagem, imagem ainda a destruir. O ar de minhas narinas desfocou uma pequena área do meu rosto no abominável multiplicador de homens. Se eu não aparecesse no espelho, ficção de terror. Se a ponta do meu nariz atravessasse sua própria imagem invertida, fábula. Se nele, talvez sob influência da noite, eu contemplasse apenas minha figura, nítida e inteira, mas vaga, esfumada, difusa, sombra de sombra, aí então eu estarreceria: duas almas. Mas que almas seriam essas que um arcabouço tão frágil e linear, um recipiente tão limitado, composto de figuras banais, suportaria?

    Procurei na cozinha algo que não estivesse estragado ou já sendo carregado pelas formigas. Encontrei uma torrada em pedaços, bem presa dentro do plástico, e nenhum mecanismo animal se desencadeou a partir do sabor fraco e salgado na língua, nem mesmo a vontade de seguir mastigando e engolir. O corpo certamente pediria, se quisesse. Quando voltei para a sala escura, a sensação ruim, não de fome, mas de sua ausência — aridez em quem a visão da chuva repugna —, a sensação insólita se apoderou de mim, e eu, mais lúcida, mais clarividente, comecei a maldizer quem me construía assim tão autônoma do próprio mecanismo animal da vida, tão irreal em minhas necessidades de novela, como o eram meus irmãos de palavra, tão de acordo com as mais nobres regras do decoro, que já nem eram seguidas com tamanha adesão e que eu ousara quebrar quando de mim extirpara a excrescência de linguagem de minha mão esquerda. A mesa dos jantares da corte, a divisão impossível de um pedaço mínimo de pão antes da partida para uma mina de carvão, o iminente desfalecimento causado pela sede, em um bote em pleno mar. Simulacros de vida que eu começava a não ter, nem em sua forma mais ordinária — encontro de amigos numa sala, refeição rápida antes de partir para o trabalho —, e que denunciavam a escravidão a que estava submetida. Meu corpo seguia vivo, mas também indiferente ao mundo, e eu sentia novamente a pena com sua ponta aguda a me perfurar.

• • •

Minha mãe tinha um compromisso fora de casa. Era uma tarde como outra qualquer, do ponto de vista do tempo, mas não era uma tarde como outra qualquer, porque nem mesmo o tempo sabia que com uma tarde inteira em casa, livre com o menino, sem a autoridade de minha mãe, que carimbava em nós um "vão em frente" quando subia para o seu quarto, quieta, mas que ainda assim era uma autoridade e me fazia ao menos conter a voz que insistia em delatar o corpo que já se rebelara havia tempos, nem mesmo esse tempo todo-poderoso sabia que uma tarde inteira com o menino em minha casa continha uma felicidade tão concentrada em um único ponto que sua energia potencial, capaz de destruir um dia nossos corpos em uma feliz aniquilação, faria o próprio tempo se alongar indefinidamente a contragosto. Quando a tarde terminasse e o menino se fosse, o espasmo do tempo voltando violentamente ao seu ritmo ordinário comprimiria meu coração de tal forma que ele bombearia não mais sangue, mas algumas lágrimas. Mas minha mãe iria sair, e o tempo era impassível demais para desconfiar de nosso ardil.

Algo para beber, sim. O menino já fora alertado no dia anterior. Minha mãe notou algo estranho em mim: "Que sono é esse, tá bocejando o tempo todo." É, talvez até tire um cochilo de tarde. "Podia ajudar em algo na casa. Tá sempre na rua, quando fica em casa ou namora ou dorme." Hoje não, mãe, amanhã. "Sei, sei..." Eu colocaria os móveis no lugar, eu limparia as pegadas, eu eliminaria as provas. Mas só depois que o menino-vento balançasse os lustres e meus cabelos e partisse por uma fresta da janela. Nada de cachaça, hein, não quero nada que esconda demais o teu gosto. Ele riu. Minha mãe interrompeu a risada na minha cabeça, "tô indo, tchau". E foi aí que o menino desatou a rir ainda mais. Eu, que não era muito de escancarar os dentes, só sorri. E iniciei os cem passos pela sala. Algo mais? Nada, nem da bebida mesmo precisava. É só pra parecer que tem motivo pra você me visitar, só isso. Ele riu, riu, riu.

Minha ansiedade detestou o menino, porque alguns instantes depois da saída da minha mãe, imprudentemente, um vulto já macaqueava diante do vidro da janela, tentando atrair de forma desajeitada e bastante engraçada minha atenção. Ele estivera em alguma esquina, atrás de algum carro, talvez suando frio porque o episódio lhe lembrasse o outro, ocorrido muitos anos antes, na mesma rua, esperando minha mãe se afastar para imediatamente correr, sacolas à mão, até o pequeno jardim de minha casa. Eu entrei no jogo e fingi não vê-lo, para que ele continuasse a pular como um tresloucado, perderia o fôlego mas não abandonaria a piada, o menino, a gente conquista mesmo alguém quando é capaz de fazer rir, riso de desprezo não vale, claro. E ele tinha razão. Depois de alguns instantes indo de lá pra cá numa absurda e fingida distração, eu não suportei mais a visão do vulto que fazia malabarismos tortos no canto de meu olho e soltei as travas que prendiam os músculos do rosto, que se contorceram em risos. Ele suspirou aliviado e riu junto comigo. Até então não rira — fazer rir é coisa séria, poxa.

O menino entrou — pela porta, após ter feito menção, num último arroubo de palhaço, de tentar saltar pela janela — e colocamos o vinho na geladeira. Era um vinho barato, felizmente. Ele não demonstrava nenhum conhecimento prévio na arte de encontros regados a rótulos caros de safras específicas, o que seria um contrassenso em nossa história comum. Ficamos um tempo no sofá, sem saber o que fazer com a liberdade. Não sabíamos lidar ainda com felicidades agendadas, nossos encontros anteriores haviam sido escorados apenas no presente, e o que viria em seguida não teria nenhuma importância desde que estendesse ao máximo o fiapo de tempo disponível para nós. Agora não, havia um plano, havia preparativos, e a obrigação de fazer daquela tarde, por suas características, um momento mágico parecia transparecer nas falas levemente artificiais e na falta de jeito do menino, uma vez dentro de casa. Mas para quando há um impasse há a porta ou o álcool: nenhum de nós deixaria de insistir e iria embora, não seríamos capazes, sofreríamos juntos qualquer constrangimento, mas não abriríamos mão da presença do outro ainda que ela fosse uma lâmina a nos cortar os olhos; ao álcool partimos, portanto.

Não tínhamos taças, minha mãe nunca precisara impressionar ninguém. O vinho era tão açucarado que o sabor amargo do álcool ficava mascarado, bem ao gosto de quem ainda não aprendeu a beber. Faltava-nos a experiência da dissimulação: até então, estivéramos juntos sem subterfúgios, nunca precisáramos de desculpas rubras num copo para chegar aonde queríamos. Agora, seguíamos ali sem jeito, sem saber em que momento deveríamos conversar, sem saber quando exatamente o copo gelado deveria ser trocado pela mão suada um do outro, a partir de quando seria lícito abandonar o decoro para nos rendermos aos imperativos do corpo, ser desejo e sede e despejar o vinho e incendiar com ele nossas peles, se assim o quiséssemos.

Absortos nesse desconforto, os copos não cessavam de ir e vir, eram esvaziados e completados. Quando a palavra faltava, para que a boca não ficasse inútil, o vinho a preenchia. Sem que nos déssemos conta, a bebida começava a diluir a vergonha, a falta de jeito, a inaptidão para dissimulações. Os músculos se distendiam, e os braços, em seus espasmos, esticavam-se involuntariamente para que as mãos pudessem sentir o calor que havia no suave vermelho da pele do outro, presente do vinho. A primeira garrafa terminou. Uma escolha deveria ser feita. Uma segunda aguardava na geladeira. Fraquejamos, eu e o menino. Após alguns segundos de silêncio, eu me levantei, corri até a cozinha e voltei bebendo direto no gargalo os primeiros goles, sem brindes. Eu me sentei e continuei egoísta, tentando terminar a garrafa o mais depressa possível, e acabar com toda possibilidade de adiamentos. Um fio tinto escapou dos meus lábios e pintou minha camiseta. O menino tomou de mim a garrafa, equilibrou-a no piso, me empurrou contra o sofá e encostou os lábios na mancha. Levantou minha camiseta e sorveu diretamente da pele o gosto doce deixado pelo vinho. Súbito, sua expressão se transformou: as substâncias da minha pele o embebedavam. Dois calores buscavam se equilibrar: o de seu hálito e o que exalava meu mamilo, a pressentir o toque de sua língua, que o circundava, determinando uma espera cujas revoluções eram acompanhadas de arrepios tais que eu me sentia a conduzir correntes capazes de iluminar as lâmpadas de todos os quartos onde jamais alguém amara. Uma faísca fez tombar a garrafa, e o menino, ouvindo o ruído do vidro contra o piso, agilmente se afastou de mim para segurá-la, a tempo de manter a salvo, na garrafa, ainda uma boa quantidade de líquido. Eu a tomei de sua mão e recomecei a beber, deixando escorrer, agora propositalmente, fios rubros pelo meu pescoço, que seriam o chamariz para a armadilha em que eu desejava capturá-lo. Ele tomou a garrafa de minha mão e voltou contra mim todos os meus ardis: agora era ele quem bebia, e de seu queixo gotas pesadas despencavam sobre sua camiseta e sua calça. A garrafa erguida se esvaziava. Eu não poderia me abster de pagar a pena que antes eu lhe havia imposto: afastei delicadamente a garrafa de sua boca, empurrei-o para o sofá e percorri com meus lábios os caminhos que as pinceladas de vinho haviam desenhado sob sua camiseta.

Um tempo depois me dei conta de que estávamos os dois abraçados no chão, que grudava um pouco na pele, com nossas roupas espalhadas ao redor, ao lado de algumas pequenas poças; a garrafa vazia, em um equilíbrio raro, estava apoiada no braço do sofá.

"Ei, acorda."

Ele abriu um olho, depois o outro, e quando abriu a boca o cheiro de álcool, bastante enjoativo, saltou no ar. Eu senti ternura, por incrível que pareça; o que era sinal de que estávamos os dois igualmente bêbados.

"Ei, acorda... No conto de fadas quem dorme pra sempre é a princesa."

O menino demorou um tempo, fez manha, bocejou, "vem cá, dorme", apertou-me contra seu corpo em brasa de sono e de vinho, mas como eu já ultrapassara os piores momentos de embriaguez, os do entorpecimento e do esquecimento, e tampouco atingira o limite a partir do qual o equilíbrio é prejudicado pelos giros da sala e o humor pelo carvão apagado no estômago, como eu já me sentia novamente eufórica por conta dos favores do álcool, não permiti que ele dormisse. Ele, vingativo, resolveu transformar o calor em vestígio infernal, e encapetado fez tantas cócegas em mim que eu me imaginei a morrer e a virar *fait divers*: "mulher (na manchete, eu seria mulher, não garota ou jovem) morre de tanto rir". O que atrairia e decepcionaria na mesma proporção, já que um especialista diria que não, que é impossível, que alguma disfunção cardíaca não detectada anteriormente, em combinação com o álcool, não ficaria surpreso se drogas, sabe?, tem muita autópsia fajuta, que veneno descarto porque tá ultrapassado, arsênico roubado do boticário, século XIX demais. Não sabem morrer, pena. Eu sei. Nessa luta desigual, minha única salvação seria o meu riso, se fosse contagioso, mais, epidêmico, e o convulsionasse também. Mas o diabo era frio e imperturbável, e me atacava mais e mais e mais. Meu corpo, que ainda não se acostumara à ponta daqueles dedos, tinha mesmo assim baixas as defesas para tal tipo de ataque, pois o desejava.

Quando ele finalmente se cansou, algumas lágrimas escorriam pelo meu rosto e minha barriga doía, de tanto se contrair. Eu fiquei recobrando o fôlego por algum tempo, enquanto via o menino, nu, a fuçar os objetos que estavam sobre o aparador. Ele voltou com as duas mãos atrás do corpo, a me mostrar que escondia algo. Eu estava estirada no chão, de bruços, e assistia com o canto dos olhos. Ele sentou sobre meu corpo, como se fosse fazer uma massagem em minhas costas. Só então me deixou perceber o que suas mãos escondiam: uma caneta de colorir vermelha.

"Vou escrever uma poesia... ou fazer um desenho", ele disse, fingindo falar consigo mesmo.

"Prefiro poesia."

Desenhar era para poucos; escrever, qualquer um.

"Não, vai ser desenho mesmo. Vou começar."

"Se ficar bonito, eu mando tatuar."

"Tem coragem?"

"Juro. Se for algo bonito tenho coragem. Hoje mesmo, quando sairmos daqui."

"Não sei, então tem que ser algo pra sempre... Dá uma ideia."

"Não conte comigo, pode ir pensando em algo."

E o menino finalmente escreveu algo que eu não fui capaz de enxergar e que ele teve de ler. Eu preferiria marcas que brotassem de dentro para fora do meu corpo, que vencessem os ossos, ultrapassassem as três camadas de pele, tingissem as telas e me permitissem ver que sua presença, ainda que incipiente, já estava inscrita profundamente em mim. Como meu corpo não cooperasse, aquilo era o melhor que eu já obtivera.

• • •

Os dias se sucediam sem novidades, como se fossem sempre o mesmo longo dia. Emílio não aparecia, mas o jornal era deixado diariamente na porta, muito antes de eu acordar. Pela quantidade de mentiras que as páginas traziam, vinha trabalhando muito. Eu não tinha ânimo para pintar, e os cavaletes sem tela pareciam edifícios abandonados durante a construção. A falta de acontecimentos era sinal de que meu capitão se entediara. Então eu tinha alguma esperança? Não havia, nas paredes, no céu, na minha pele, nos móveis, em nenhum lugar, sinal de que o mundo amarelasse como folhas de papel que perdem a utilidade. Eu nem mesmo imaginava como seria a morte que eu almejava. Haveria um céu onde estariam Cândido, Funes, Julien, Emma, Riobaldo? Estariam no inferno? Não. Impossível. Eles sim deram à luz seus autores, não o contrário! A ordem estava invertida, era necessário reivindicar as glórias para quem realmente as merecia, para aqueles que, com as dores de algumas vidas, dores muito piores que as de um parto, conceberam autores que sem eles talvez permanecessem para sempre em estado embrionário. Talvez fossem até abortados. Eu não tinha forças para conceber, era estéril, e mesmo assim ele não me deixava em paz, ele insistia e insistia, na esperança de que, nos anos de vida cronológica que me restavam, eu o fizesse nascer para o mundo das letras. Meu mal era que nós, mesmo velhos, mesmo à beira da morte — talvez mais ainda, nesse caso —, nós detínhamos todas as estruturas internas, todas as letras necessárias para gerar um filho ilustre. Mesmo depois de mortos. Um morto foi um dos pais biológicos de Joaquim Maria, por exemplo. O mais terrível era saber que, ainda que me restasse apenas um único dia, ainda que uma parte minúscula de minha vida, quem sabe precisando de espaço, megalômana, decidisse se multiplicar desenfreadamente e fosse ocupando os meus espaços, o oco entre as costelas, empurrando os órgãos, ainda que esse tumor me permitisse apenas um último dia, ainda assim alguém com enorme teimosia e correspondente talento seria capaz de narrar as horas, os minutos, os segundos, através de artifícios que fariam o tempo retroceder, parar ou se alongar indefinidamente. E só então, para seu deleite e glória, esse alguém narraria o último dia, aquele que até então só me fora permitido vislumbrar no horizonte, meus dedos quase a poder tocá-lo, o desejado dia em que tudo termina. A palavra permite essas armadilhas. Eu sucumbiria à armadilha e seria também a própria armadilha.

Uma pilha de jornais intocados na porta de meu ateliê não daria depoimento que me favorecesse. A dona da casa antiga, aquela toda mal pintada, viajara, e nesse caso quem, em plena madrugada, caminhava sem parar pelos cômodos e deixava cair objetos? Ladrão, e logo a polícia a me importunar por conta de jornais não recolhidos. Emílio seguia me enviando o estorvo diário pelo correio. Um dia, no entanto, ao me inclinar para alcançá-lo na calçada, vislumbrei na capa um título que me chamou a atenção. "Debate de jovens escritores", dizia, seguido por local e horário do evento. Rasguei o plástico transparente e, sentada na soleira, li o restante do texto. Em uma biblioteca de bairro, escritores, todos com a primeira obra ainda por lançar, falariam sobre seus processos de criação para um público de crianças, que nunca haveriam lido um livro sequer, e velhos, que nunca haveriam lido um único que não trouxesse capa dura e cor de vinho e letras estampadas em dourado na lombada.

A fotografia em preto e branco que acompanhava o pequeno texto era pequena, e a impressão do jornal, péssima. Nela, um grupo de jovens se comprimia para satisfazer as intenções do fotógrafo, sem dúvida amador. Com apenas meio rosto a se destacar entre duas cabeças em primeiro plano, uma figura me intrigou: por um instante eu acreditei ver o menino entre eles, com a idade que tinha na última vez em que havíamos nos encontrado. Aproximei o jornal dos olhos, e a imagem em papel pobre se tornava ainda menos nítida. A impressão se dissipou. Uma silhueta, o desenho formado pelo cabelo despenteado e pelo contorno do rosto haviam me enganado. Se eu me desconcentrasse ao olhar aquela imagem, sentia novamente o arrepio de ter diante de mim, reconhecível em tão poucos detalhes, o que talvez já fosse reconstrução de um rosto do passado.

• • •

Após a recuperação de parte do bom senso que a bebida nos roubara, eu inscrevi na pele as palavras fatais: "era uma vez". Desejei que as palavras, justo elas, simbolizassem uma história que nunca se encerraria, uma história que fosse sempre só início, um longo e infinito início, com seus frios na barriga no instante que antecede o encontro, seus desesperos e abstinências dolorosas ao menor sinal de desencontro, suas recompensas incalculáveis contidas em um pequeno gesto de carinho, um dedo a roçar a pele com fingida despretensão. A agulha perfurava minha pele e depositava — uma mosca e seus ovos invisíveis — as pequenas gotas de tinta colorida que compunham a mais irônica das frases. Sobre as costelas, do lado esquerdo, acompanhando o trajeto das letras, pequenos pontos vermelhos. Eu apertava a mão do menino e não emitia nenhum lamento, represava as lágrimas. Toda escritura traz em si alguma dor, a pena no papel não faz carícias. Quando o homem arrancou as luvas e pediu que eu fosse ao espelho, estava decretado o fim da tranquilidade do branco. O menino esperou que eu terminasse e que saíssemos antes de me confessar que sim, até que não ficara tão mal, ela é até bem bonitinha.

Mas aconteceu de tudo ser história, como outras tantas. E por isso, mais dia, menos dia, um declive seria inevitável na montanha-russa tresloucada que é a existência das figuras nascidas para arrancar algumas lágrimas fáceis. Catapultadas para o alto, ou arremessadas para baixo, conforme a temperatura da caldeira da seção de cartas, figuras assim vão do inferno ao céu e do céu ao inferno com tal velocidade que a descrição minuciosa desse itinerário, ainda que repleto de dramas dolorosos ou seguidas alegrias, seria menos eficiente em causar a catarse do que a brusca mudança do estado de maior sofrimento para o de maior regozijo, ou vice-versa. Um longo tempo de vida narrado desgraça a desgraça, vitória a vitória: muito menos impacto. Acostuma-se, a sensibilidade, ao sofrimento alheio. "Este nasceu para sofrer!" "Aquele tem cada vez mais sorte!" As figuras nascidas para arrancar lágrimas fáceis despencam abruptamente no bueiro aberto e esmagam a vértebra mais importante da coluna. Isso, é evidente, no dia anterior ao casamento com o príncipe do Oriente que se apaixonou pela menina pobre. E quando o suicídio é a única solução, ou nem é uma, visto que do couro cabeludo para baixo só o que se mexe é o lábio, o inferior, que fique bem claro, e o canudinho não é rígido nem afiado o suficiente para cortar a carótida com sua borda ainda suja de sopinha, bem, quando a imaginação desregrada elevou ao paroxismo da infelicidade a vida de tal figura, um cientista descobre um elixir que, testado em apenas um único rato, se prova capaz de regenerar a coluna danificada e até mesmo de trazer o amor perdido em sete dias, pagamento após o resultado. Tivesse aprendido, antes do cataclismo, como se comporta uma vida fictícia de tais características, teria notado aonde nos conduziria o leve, mas contínuo, mal-estar que naquele mesmo dia ele impôs ao menino pela primeira vez.

O menino não deu bola. Assim que o mal-estar se foi, já estávamos os dois sob os lençóis. O local da tatuagem ainda estava um pouco inchado, dolorido e coberto por filme plástico, e por isso o menino se esforçou para conter os pequenos gestos de violência que eu já havia demonstrado gostar. Minha mãe não comentou. Eu não havia ido espontaneamente mostrar a inscrição banal que então surgira nas minhas costas, mas tampouco mudara o hábito de caminhar nua pela casa em busca da toalha, sem me importar muito — ou nada ou, ainda, querendo-as exatamente assim — com as frestas que a janela oferecia a quem passasse pela calçada. Foi nessa época que o menino começou a se interessar por pintura. Eu nunca descobri de onde havia surgido seu interesse pelas telas, pincéis, biografias de pintores, museus — quando as ideias rompiam o dique que existia em sua garganta, era porque, havia tempos, gota a gota, elas já se acumulavam. Um discurso feito para si mesmo, um jogo mental através do qual ele tentava compreender, preparar, adornar, reorganizar e reinventar o que quer que ele precisasse dizer de importante. Era um jogo exaustivo, e talvez por isso com frequência ele parecesse afastar-se de mim, empurrado apenas pelo olhar que se nublava. Eu gostava de pensar que era também uma maneira de responder à necessidade que ele sentia de me impressionar. Uma mentira saudável: diante de um fenômeno que não podemos compreender, crer na versão que mais nos traga vantagens. O importante é que o menino, meses depois, já passava longas tardes diante do cavalete instalado no quarto e frequentava cursos e exposições. Naquele momento, eu ainda não me interessava muito por aquilo, antes simulava certo desprezo, que eu evidentemente negava, quando ele tocava no assunto. Enquanto as naturezas-mortas e as paisagens roubavam de mim as tardes preciosas ao seu lado, o desdém que respingava de minhas palavras, cada vez que eu fazia um comentário ácido ou enciumado sobre seu novo hábito, não chegava a manchar suas telas. Um dia, porém, eu estava sozinha em seu quarto e a tela ao lado da mesa, virada para a parede, chamou minha atenção. De onde estava, eu não podia enxergar a pintura. Quando a virei, com cuidado para não tocar a parte em que deveria haver a tinta molhada, uma Vênus esboçada, nua, se estendia sobre os lençóis. Não havia cortinas vermelhas e, para segurar o espelho no qual ela se admirava, não havia um anjo, mas um móvel de contornos inacabados. Eu não entendia nada de pintura. Para mim, era apenas uma mulher nua. E, com aquela silhueta, definitivamente eu não havia sido a modelo. Senti ódio. O menino entrou no quarto e me viu deitada, admirando o estudo com o olhar fixo. Foi a primeira vez que discutimos. Uma hora depois, quando viu que não poderia me convencer de que fora um exercício e de que outros também a haviam pintado, o menino fez algo que até aquele momento eu nunca poderia ter imaginado. "Quero que você vá embora", ele me falou com ar de quem desiste de uma atividade importante, mas para a qual já não há forças.

Eu saí depressa e corri para minha casa, chorando. Quando entrei, notei que estava só e fiquei imóvel no sofá, incapaz de compreender de que maneira aquela frase podia ter sido pronunciada sem um único grito, sem uma única ofensa desmedida, sem sequer um desejo de ferir que denotaria ao menos um abalo interior. Eu seria capaz de aceitar a violência, se ela fosse passional, mas nunca a resignação.

Já começava a escurecer quando a campainha tocou. Eu não desejava encontrar minha mãe naquele momento e subi as escadas depressa. Na porta do meu quarto, parei: minha mãe sempre carregava suas chaves. Desci saltando os degraus e olhei pela janela. Em frente ao pequeno portão estava o menino, carregando em um dos braços o cavalete fechado e uma sacola e sob o outro braço uma tela envolta em plástico. Eu já atravessava, enfurecida, o pequeno jardim, pronta para descobrir que espécie de tortura era aquela a que ele me submetia, ao me obrigar a enfrentar novamente o quadro que pusera tudo a perder, quando o menino falou: "Eu vim pra pintar um retrato teu." Eu não respondi e fiz todos os esforços para me ofender. Mandei os impulsos necessários para que meu cenho se franzisse, exigi dos meus dentes que se mostrassem e cheguei a tentar extrair do pulmão uma respiração forte e acelerada. Do interior do peito e da barriga, porém, simultânea com uma leve moleza nas pernas, surgiu uma incontrolável vontade de me espreguiçar, uma onda de bem-estar que, contra toda a potência de meu ego machucado, foi capaz de arrancar do meu rosto um sorriso, e dos meus olhos já tão exigidos, uma última e fraca lágrima. Pedi que entrasse. No quarto, a tela foi colocada sobre o cavalete, os pincéis foram minuciosamente organizados, as tintas de diversas cores foram dispostas sobre a paleta, a modelo penteou-se, despiu-se, deitou-se na cama e o quadro nunca foi iniciado — o pintor decidira estudar por mais tempo e com mais atenção todos os detalhes do corpo de Vênus.

Tempos depois, o mal-estar reapareceu. Durante todo o primeiro dia em que o menino se sentiu indisposto demais para sair da cama, permaneci ao seu lado. Não era nada que justificasse apreensão, e o que mais me preocupava era descobrir maneiras de entretê-lo até a melhora. No segundo dia eu decidi me amotinar e tomar do capitão o controle dos instrumentos. Abri o cavalete como tantas vezes o havia visto fazer, espalhei as tintas com gestos que transbordavam afetação, na intenção de alcançar algum efeito cômico que talvez pudesse desviar sua atenção do próprio corpo e do desperdício de seu valioso material de pintura em mãos descuidadas como as minhas. A primeira tela, um abstrato. Mas não por opção. A cada pincelada, o retrato que eu havia pintado do menino em minha imaginação — o corpo esticado na cama, coberto pelo lençol até a altura do peito, a camiseta velha com a gola já disforme e larga a ponto de deixar passar os ombros, os pelos pretos na bochecha distribuídos além de qualquer possibilidade de representação, os olhos um pouco fundos de quem acaba de viver uma noite de amor ou de sofrimento, ou ambos — distanciava-se um pouco mais do retrato que surgia sobre a trama da tela.

"Mais um pouco e termino. Você vai se surpreender. Primeiro, não há nada ali, parece inacabado, malfeito. Então, de repente, *voilà*, uma obra de arte!"

Uma risada que durou pouco no ar abafado do quarto e a cabeça meneada para lá e para cá. O menino assistia mais ao histrionismo de minha atuação que ao desaparecimento do branco no quadro que eu ameaçava completar e ele não conseguia enxergar sem um grande esforço. Eu era um maestro, o pincel, minha batuta, e tentava reger os pensamentos do menino para que se alegrassem. De minha primeira grande obra, eu não poderia exigir demais. Se fosse a obra de um mímico que entretém o público com um Salvador Dalí que enrola os bigodes antes de iniciar cada movimento, eu poderia me considerar um sucesso. Pintando, jamais. Com a derrota logo adiante, eu resolvi mudar de estilo. Sobre o retrato malogrado, comecei a espalhar grossas pinceladas de diversas cores. Os movimentos amplos e despreocupados do braço e do pincel desenhavam no ar arcos que durante a trajetória raspavam a superfície da tela. A premeditação cedeu lugar à leveza, e os azuis sobre os amarelos, sobre os brancos, sobre os pretos, sobre os verdes, sobre os vermelhos, sobre o cinza não formavam nenhum desenho, mas permitiam, quando em contato com o espírito ou em ressonância com a lembrança de alguma imagem que outrora estimulara minha retina, entrever inúmeras figuras, que apareciam e desapareciam, uma após a outra. A tela era só um acúmulo de cores cuja desordem não formava uma imagem que parecesse harmoniosa. Ainda assim, eu havia aprendido uma lição naquele dia: a fecundidade de algo não é proporcional à sua nitidez. Um interesse genuíno pela pintura, que naquele momento ninguém teria conseguido enxergar, nem mesmo eu, viria a ser, tempos depois, minha única maneira de dar vida às coisas.

Depois do longo período em que as fraquezas súbitas aconteceram com uma frequência que beirava a necessária para se transformar em assunto preocupante no seu pequeno círculo, o menino abandonou pouco a pouco os pincéis. Talvez porque meu interesse cada vez maior por tal assunto ameaçasse, em sua cabeça, transferir para mim algo que até então fora seu, algo que poderia ser utilizado para descrever sua maneira de ser e talvez até mesmo seu caráter. Na época, eu não pude perceber o leve movimento que se insinuava. Só o que eu buscava era uma nova forma de ser admirada, de me imiscuir em um mundo do qual eu não fazia parte. Muito mais tarde eu perceberia meu pequeno erro. *Acreditar que um ser participa de uma vida ignorada na qual o seu amor nos faria penetrar é, de tudo quanto exige o amor para nascer, aquilo a que ele mais se prende, fazendo-o desprezar o resto.* A regra que fez a pequena Gilberte ser amada por Marcel, e que explicava meu mergulho nas tintas, também explicava a razão de meu afogamento: todo o resto que eu passei a desprezar era o que, no menino, realmente importava. Comecei a frequentar os cursos pelos quais ele perdera todo o entusiasmo. As técnicas que aprendi, as escolas que conheci, os estudos que fiz, tudo isso me ensinou apenas que o talento que havia em mim só me permitiria aperfeiçoar contínua e imperceptivelmente o conjunto caótico e sem sentido de riscos que compunham meu repertório e eu arremessava sempre sem minúcias sobre a trama. O menino me admirava. O que se escondia por trás dessa admiração, no entanto, eu nunca descobrirei. O menino dizia: "Não adianta insistir... Pinte você e pronto. Já se foi o tempo em que eu gostava disso, quero fazer outras coisas." Ainda que motivada por um sentimento egoísta, eu gostava do que ele dizia, pois temia qualquer espécie de competição entre nós. Da invisível partícula de pó ao cadáver constrangedor, eu varreria qualquer sujeira para debaixo do tapete para que nossa história pudesse ser a história perfeita. Que ela efetivamente seria, ainda por algum tempo.

As peças se rearranjaram de tal modo que, em seu novo lugar, elas sempre pareciam haver estado. Minha relação com o menino finalmente alcançou o ponto em que o presente parecia se tornar imutável, em que os sentimentos estavam tão cristalizados que, apesar de a imobilidade já trazer um quê de tédio, de apatia, já era difícil imaginar situações que os pusessem sob suspeita. Uma máquina velha, mas ainda em pleno funcionamento. Ao lado de uma nova, haveria naquela mais probabilidade de defeitos. Após tanto tempo de convivência com o antigo objeto, no entanto, poucos seriam os incidentes inéditos, que nos surpreendessem. Certamente, a todos eles já haveríamos superado, em alguma ocasião. A máquina nova, com seus mecanismos ainda perfeitos, funcionaria sem nenhum atropelo por um bom tempo. Entretanto, qualquer pequeno engasgo seria uma surpresa, um fio de fumaça desconhecido poderia ser prenúncio de um incêndio. Diante de qualquer convite à surpresa, responder de imediato: "Acho melhor não." Uma boa forma de se manter são.

"Acho melhor não", ele me respondeu naquele dia. Uma viagem. Uma fuga, também? Não que eu o quisesse. Mas o menino era mais sábio e percebeu que ali havia riscos que eu não podia antever. Eu continuei acariciando seus cabelos, falara somente por falar. Questionada sobre o destino, não pouparia ásias e antárticas, atlântidas e pasárgadas. Mais que nada, era um sonho, um desvario, uma aventura de ficção. Muitos fios de seus cabelos finíssimos continuavam entre meus dedos quando minhas mãos se afastavam. Quem o lesse naquele instante o encontraria um pouco ensimesmado. Os olhos se escondiam em pequenos poços, dois lagos de leito escuro e seco. Nada a que eu já não estivesse habituada, o ensimesmamento. A novidade, ali, estava oculta nos detalhes, praticamente imperceptíveis, detalhes de corpo. O menino era um jeito de ser. Corpo, não era, nunca o fora. Por isso havia ali algo com que se preocupar.

Diversas outras vezes aquilo nos acontecera: um estranho silêncio se impunha quando tentávamos elaborar, ainda que inconsequentemente, como exercício de criatividade, planos que exigissem um futuro menos imediato para se cumprir. Não se tratava, era claro, de nenhuma espécie de desconfiança quanto a nossa proximidade nos tempos que viriam. Uma solidez de toneladas e a inércia nos protegeriam de tremores, disso estávamos certos. Ainda assim, uma afasia que beirava o sobrenatural, talvez uma raríssima disfunção nas sinapses, acionada pela simples elocução mental de certas palavras e expressões — um dia, daqui a alguns anos, quando formos mais velhos, no futuro —, nos acometia quando desejávamos apontar nosso presente para os círculos de um alvo. Não sei se nos dávamos conta de tudo isso, naquela época. Talvez o tomássemos como uma simples vergonha de pensar em nós dois como um, partilhando do mesmo destino, a antiquíssima ladainha das metades que se buscam. Talvez uma manifestação de independência, esse pudor exagerado que nos impedia de conversar sobre o que nos aguardaria adiante. O menino se surpreenderia se soubesse o que hoje sei. Quem sabe encontraríamos juntos uma forma de subverter a regra que nos havia sido imposta? O fato é que éramos apenas passageiros de um veículo cujo destino não conhecíamos, e não tínhamos consciência disso. O cansaço que ele sentia, com cada vez mais frequência no início das noites, e com que ele despertava após o sono agitado, começou a me fazer desconfiar que, aonde quer que estivéssemos sendo levados, o trajeto seria penoso para o menino. No entanto, mal eram formuladas, essas preocupações desapareciam, extirpadas sem dor alguma da minha mente por um instrumento cirúrgico invisível.

• • •

Algumas horas mais tarde, vesti a calça e a blusa menos amassadas das que me restavam na mala, fechei a porta do ateliê sem trancá-la e tomei um táxi. Meia hora depois, estava sentada em uma cadeira da biblioteca pública, entre dois adolescentes, um deles fungando e assoando-se ruidosamente, enquanto aguardávamos a chegada dos debatedores. Uma projeção ao lado da mesa onde se sentariam mostrava ao público o nome do evento e dos autores. Muitas cadeiras ao nosso redor estavam vazias, e não era por medo das partículas que porventura escapassem aos lenços de papel de meu vizinho — risco que eu corria. Sentara-me ali quando não havia mais ninguém na sala, mas, inexplicavelmente, tendo todas as possibilidades de escolha, já que as cadeiras estavam todas livres, os dois haviam preferido ficar ao meu lado, talvez com medo de, isolados, atrair a atenção e serem convidados a fazer perguntas que os fariam gaguejar, espirrar — o do resfriado — ou enrubescer.

Para favorecer a visualização da projeção, em que apareciam os nomes dos patrocinadores, aquela parte da sala tinha algumas de suas luzes apagadas. Uma mulher baixinha, com cabelo de bibliotecária, foi à frente portando um microfone. Ouviu-se um toc, toc, toc, seguido de um assobio de microfonia tão agudo que pressenti — primoroso contra-ataque — que o líquido de meu labirinto saltaria de meu ouvido e acertaria o constipado. Os convidados foram anunciados e entraram, muitos parecendo envergonhados, mirando um ponto fixo no fundo da sala para evitar que o queixo tocasse o peito, um ou outro demonstrando segurança. Eram sete. Havia uma só garota. Quando se sentaram lado a lado por trás da mesa baixa e eu pude percorrer com calma e fixidez cada um daqueles rostos, um misto de alívio e desapontamento — como o que domina a quem aguarda um desafio apavorante, mas que se superado trará a glória, e que no último instante é adiado — fez meu corpo quase se deitar na cadeira, as pernas esticadas por baixo da fileira adiante: nenhum deles me fez lembrar do menino.

A provável bibliotecária, transparecendo excitação, fez a primeira pergunta: quais eram suas influências? A questão lhes facilitava o desempenho. O primeiro enumerou uma infinidade de clássicos e, com medo de ser demasiado sucinto, percorreu ainda todas as prateleiras de sua mente em busca de mais e mais nomes. Calou-se abruptamente e finalizou com um "e são só esses", ao se dar conta de que talvez um peso tão grande acabasse por esmagá-lo. Durante essa fala, o segundo — falariam na sequência em que estavam postados — o olhava espantado. Receava que, finda a amnésia súbita que acomete quem é obrigado a se lembrar de algo que ainda não traz bem sedimentado, não lhe restasse mais que repetir algum nome famoso que o outro já dissera. De início, a gagueira confirmou minha impressão. Em seguida, entretanto, um único e belo achado salvou sua intervenção. O próximo adotou estratégia distinta, elaborada de antemão. Defendeu um a um, tão categórica quanto levianamente, quem quer que um dia houvesse sido condenado a não figurar sequer nas notas de rodapé de qualquer cânone. Ainda mais ousada seria a moça que ocupava o centro da mesa: contando com que, entre os velhos que ameaçavam cochilar e os que prestavam atenção, houvesse algum interessado em descobrir talentos, a jovem citou uma série de nomes estranhos e completamente desconhecidos, que poderiam ser tanto de estrangeiros consagrados, cuja língua exótica impedia que nossa literatura os conhecesse, quanto de seus colegas de classe, filhos de ex-hippies. Na sequência, o papel que ainda restava seria assumido. O que aparentava ser o mais jovem dos participantes, logo que recebeu o microfone, questionou a pertinência da pergunta por meio de uma ironia tão carente de sutileza e engenho que provocou nos piores leitores presentes na sala muitos risinhos; nos melhores, a certeza de que aquele garoto dificilmente se tornaria um bom escritor; na bibliotecária, um leve tremor nas bochechas que fez balançar a armação pesada de seus óculos. O próximo da fila deveria buscar uma improvável nova solução ou aderir a um dos dois grupos anteriores. O exército beligerante de um homem só que viera à tona na resposta anterior ainda estava na berlinda — ouviam-se alguns comentários sussurrados pela sala — e aguardava sua decisão com visível ansiedade. Poucos segundos com o microfone próximo à boca, sem nada dizer, atraíram a atenção dos que se distraíam ao som da primeira palavra. "Bem, é o seguinte", o jovem pronunciou devagar, tranquilamente, como quem sabe bem o que vai dizer em seguida. A essa frase, no entanto, nenhuma outra sucedeu, e ele, que olhara fixamente para o público até então, parecia agora se afastar de todos na sala, como se a frase que buscava lhe fosse tão cara que estivesse escondida em um ponto dentro de si que ele não seria capaz de alcançar sem expor seu avesso à plateia. Fiquei incomodada, talvez com receio de presenciar um constrangimento doloroso que, por empatia, acabaria se tornando meu. Para meu alívio, porém, uma avalanche de frases despencou de sua boca. Embora essas frases não aparentassem ter relação alguma com a pergunta, talvez até mesmo por isso, a bibliotecária corrigiu a postura na cadeira, em seguida se curvou levemente para a frente, para que as palavras lhe chegassem mais depressa ao entendimento, e assim permaneceu até que o rapaz se calasse. Não me lembro de nada do que disse o último participante da mesa.

• • •

As folhas do calendário da cozinha não eram arrancadas havia mais de um mês, desde que sua mãe se mudara para a casa da família no interior e deixara o menino livre para administrar a própria vida — o dinheiro que seria enviado todo início de mês — e o próprio tempo. O descompasso que o grande número em vermelho denotava, entre o tempo da casa e o tempo das ruas, era sinal de que a maneira que o menino escolhera para administrar a própria vida implicava não mais administrar o próprio tempo, pelo menos do modo usual. Ponteiros de relógio paralisados sempre me causavam uma sensação estranha. Era como se devêssemos nosso movimento ao dos relógios e, se todos eles parassem, nós nos paralisaríamos e não haveria sucessão de sol e lua capaz de nos fazer lembrar a mobilidade ancestral. Melhor nunca tê-los. O calendário deixado à própria sorte na parede me incomodava. Eu só temia, calada, que o menino imaginasse que, quando fosse necessário, arrancar as folhas uma a uma, desesperadamente, faria também o tempo se apressar e o mundo que havia naquela sala, naquele quarto, naquela cozinha, naquele banheiro se sincronizar com o que havia nas calçadas diante da porta envidraçada. Oito. Se um vento forte o revirasse, e na horizontal então a folha permanecesse estagnada sobre a parede, aí poderia haver algum sentido: o infinito. Nada mais justificava, no entanto, aquele oito, um dia como outro qualquer, a marcar um tempo que se pretendia inexistente. Um dia, o menino não me recebeu. Ele, que havia mais de dois meses se acostumara a quase não sair de casa, a ficar longo tempo calado, imóvel, apenas deitado pensando em algo que nenhuma pergunta arrancaria de dentro de si, estranhamente não estava ali para me receber. Não havia motivo para alarme; havia, sim, uma esperança de que a fase de estranho abatimento tivesse finalmente terminado. A decepção de não vê-lo foi menor do que a esperança de tê-lo de novo em equilíbrio — que eu desejava frágil, já que era um dos encantos que haviam me conquistado — e evitando que a atração exercida pelo que dentro dele havia fosse maior do que a que eu e o mundo exterior exercíamos. No segundo dia consecutivo sem encontrá-lo, porém, eu temi que o desaparecimento fosse o indício de que ele chegara a um lugar tão escuro que de lá não era mais possível me ver. No sétimo dia, entrei em desespero. E só depois de uma tarde toda de espera, seguida de uma forte crise de choro, eu notei que na janela da sala, sobre a porta, havia uma luz fraca. Um ímpeto, que eu não posso mais dizer se vindo do ódio de sabê-lo o tempo todo quieto, talvez me espiando, ou da felicidade de descobri-lo ali, invadiu-me e fez com que eu arremessasse uma pedra na janela. O barulho do vidro partindo e dos estilhaços se chocando com a calçada já haviam feito algumas pessoas saírem do supermercado ao lado para ver o que ocorria quando a porta se abriu devagar. Eu caminhei até a porta e entrei. Ouvi passos apressados, de alguém que subira as escadas correndo e entrara na sala ainda aos saltos. Subi. A sala estava escura, a cozinha, iluminada. Entrei, e a primeira imagem que meus olhos registraram me causou um arrepio. Oito. Na parede, ao lado do armário, o calendário intocado. "Vem aqui...", disse a voz do menino na sala. Meus olhos tardaram a se acostumar com a escuridão. Pouco a pouco a imagem do menino, amalgamado ao sofá, tornou-se mais nítida. Ele estava sem camisa e os ossos das costelas pareciam mais bem desenhados na pele do que antes. O choque foi tal que aquela imagem do menino — fraco, languidamente estendido sobre o sofá —, imagem que eu não esperava ver, que eu não suportava ver, não pôde se gravar em mim. Talvez eu a tenha inventado para contá-la, agora. Para preencher o espaço vazio que seu desaparecimento deixara na cadeia de acontecimentos, o que veio a marcar minha memória, em seus mínimos detalhes, foi a imagem da folha do calendário. Cobra retorcida se engolindo, injustamente acusada de formar o dia em que o menino me causou pela primeira vez um medo insuportável. Ele não disse nenhuma palavra, nem me olhou. Seus cabelos pareciam muito sujos. Eu os acariciei por um longo tempo, como se os fosse capaz de limpar com o toque.

Eu permaneci ali, como uma mãe, sem nada perguntar, sentada no chão diante do sofá. O menino não se moveu desde que eu o vi pela primeira vez naquela noite, e um leve assobio, agudíssimo, provocado pelo ar que escapava de suas narinas, era o único sinal de que eu não estava ao lado de um feto sem vida. Algum tempo já se havia passado quando senti fome. Foi então que me dei conta, ainda que levada por uma preocupação egoísta, de que o menino devia estar deitado ali havia dias, sem se alimentar. Levantei-me e fui até a cozinha, que estava limpa, o que eu não havia notado até então. Antes de qualquer coisa, arranquei da parede o calendário e o joguei na lixeira. Com o pé, empurrei-o até que desaparecesse. Na geladeira, um litro de leite azedo, cujo cheiro quase me fez vomitar, uma garrafa de água e um vidro de azeitonas, que também parecia estar ali havia anos. Abri todos os armários e tampouco neles encontrei algo que pudesse dar ao menino. Minha fome já havia sido suplantada pela preocupação, que ameaçava se tornar desespero. Voltei à sala e beijei a testa do menino, que me pareceu mais quente do que deveria.

"Vou buscar algo para comer, volto bem depressa", sussurrei, enquanto caminhava em direção à escada.

"Se você for", o menino respondeu com voz baixa e tranquila, "por favor, não volte."

De imediato, minha cabeça só pôde se deter na tranquilidade daquela voz; em uma situação como a dele, um minúsculo indício de loucura. No instante seguinte, a prosódia cedeu lugar ao sentido e a loucura migrou de ser; aquele conselho poderia significar um apelo para que eu não o abandonasse em um momento como aquele. Esse pensamento, no entanto, não me trouxe conforto, durante o tempo em que me quedei paralisada, no alto da escada, sem saber o que fazer. O elemento que destruía minha interpretação anterior era o ritmo lento com que a frase reverberara na minha mente e a pronúncia clara e límpida de cada letra de cada palavra. Ainda que ele não me quisesse de volta, era preciso buscar o que comer. Eu teria de ser firme, mas não pude. Desesperei. Invadiu-me uma vontade insuportável de chorar e de exigir que ele, a partir daquele instante, reunisse as forças que o haviam abandonado e cuidasse de mim e me acariciasse os cachos e me confortasse, eu que agora me sentia louca, capaz de me mutilar, irremediavelmente triste. No entanto, era preciso tomar uma decisão. Sucumbirmos juntos, se o desespero me vencesse e eu me deitasse no pouco que restava de sofá, me aninhasse em seus braços, mesmo — para meu horror — a contragosto. Ou enfrentar a assustadora possibilidade de sair daquela casa, na intenção de encontrar alguma maneira de ajudá-lo, e ter de carregar no coração, após a minha volta e para sempre, as chagas que o pedido do menino haviam lhe infligido. Movida não sei por qual coragem, de repente, desobedeci aos desígnios invisíveis que nos comandavam e acreditei que poderia imaginar algum futuro. Saltei os degraus escada abaixo, sem ouvir mais nenhuma frase vinda daquela sala lúgubre, e atravessei a porta. Corri em direção a minha própria casa, sentindo-me já um pouco melhor, heroína injustiçada que provará, quando tudo terminar, a correção de suas escolhas.

Uma hora depois, eu estava novamente diante da porta envidraçada, que eu deixara destrancada. Muitos passos antes, eu percebera o mesmo fiapo de luz na janela da sala. Eu carregava minha maior mochila, e nela, entre as camisetas, calças, toalhas, um travesseiro, camisola e outros objetos importantes para uma estada cuja extensão eu não podia prever, alguns pães, frutas e barras de chocolate. Empurrei a porta com delicadeza e subi um a um os degraus. Minha intenção era de que o menino só me notasse quando eu estivesse diante dele, com algum alimento nas mãos. Eu evitaria, com isso, uma recusa; seria como se eu nem o houvesse deixado e seu pedido de nada valeria. Se assim não fosse, eu imploraria, ajoelharia, se preciso, e não pediria explicações. Esqueceria mesmo a recente negação, que eu considerava, para inventar um sentido e me proteger, fagulha de iminente loucura ou sintoma do mal que já lhe enfraquecia o corpo. Não haveria gritos. Antes houvesse. Haveria alguma expressão sutil, porém absolutamente loquaz, no rosto, ou uma frase simples, mas repleta de significados terríveis, como a que ele havia proferido pouco antes. Prestando atenção a meus pés, iniciei a ascensão. Ao alcançar o último degrau, a mochila pesada raspou a parede e um leve ruído áspero ameaçou me denunciar. Estanquei. Levei alguns minutos até reconquistar a coragem necessária para me mover. Não queria confirmar o que eu antes nem sequer imaginava e agora tanto temia, a súbita desistência do menino. Com um cuidado inviável, inclinei a cabeça para espiar o que se passava no sofá. Os ponteiros de um relógio se moveriam mais rapidamente. Ele continuava deitado, eu não o via por inteiro, mas sua cabeça se destacava, quase pendendo para fora da almofada. Quando me acostumei com a penumbra que preenchia o aposento, pude ver seus olhos. O véu que a escuridão interpunha entre meu olhar e seu rosto aparentemente enregelado me impedia de fixar suas minúcias, a expressão contida na sobrancelha e nos cantos da boca, a direção em que apontavam suas pupilas. Faltava coragem. Eu obedeceria, se pela segunda vez ele pedisse que me fosse dali? A projeção em minha mente da cena seguinte, e seus múltiplos desdobramentos, todos eles explorados em suas ramificações, encruzilhada após encruzilhada, fez-me menos ofegante, e o ruído de minha respiração foi diminuindo sem que eu percebesse. O que chegou aos meus ouvidos e eu não pude deixar de perceber foi um som baixo, monótono, rápido, como o de um relógio abafado por um cobertor. Eu sabia que som era aquele. Era o bater do coração do menino. Ou minha imaginação assim o designara. Aquele estranho ruído me excitou um terror incontrolável. Com grande esforço, porém, dominei-me e permaneci imóvel. E se meu coração, novamente acelerado, me denunciasse? Como o ruído persistisse, indiferente a mim, ritmado, eu temi não mais suportá-lo e parti em direção ao menino, sem hesitar, soldado estimulado pelos tambores de guerra. Antes que me desse conta, eu estava imóvel diante do sofá, ainda com a mochila às costas, e dele eu não ouvi suspiro ou palavra, naquele instante e nos muitos outros que o sucederam.

De tão semelhantes, eu nunca pude precisar quantos dias permanecemos naquela casa. Não contávamos as luas. Tampouco meu ciclo, sempre irregular, nos ajudou. O menino não se preocupava. Às minhas perguntas, reagia comumente com um meneio de cabeça, um murmúrio ao qual eu atribuía o sentido que melhor me aprouvesse, ou com o simples silêncio. Duas marcas no solo dos dias a passagem do tempo nos legava, uma delas banal: os poucos víveres de que dispúnhamos diminuíam pouco a pouco nas prateleiras, mesmo que eu, como de costume, precisasse de pouco e o menino, renegando o hábito, porque fosse eu quem o alimentasse ou por sua condição, não comesse quase nada. O tempo que se esvaía gravava a outra marca na pele do menino: sua passagem a tingia de um amarelo-claro, como o das páginas de um livro há muito exposto ao sol. Ele não se queixava de sua condição. Havia se recolhido em um lugar onde nada o alcançava e poucas vezes algum suspiro ou gemido o trouxeram de volta para a sala onde eu me esforçava para confortá-lo, mesmo sem conhecer o mal que o acometia. A mão que um dia segurara com violência meu pulso já não era forte o suficiente para impedir o meu braço de levar os pedaços de miolo de pão à sua boca que, resignada diante do fracasso da defesa, terminava por se abrir. Os olhos do menino, outrora irrequietos, fixavam-se de tal modo a um ponto invisível em alguma parte do alto do cômodo que eu era obrigada, por temê-lo cataléptico ou vitimado por alguma espécie de envenenamento cujo sintoma fosse a paralisia, a empurrá-lo no sofá, unicamente para vê-lo esboçar alguma espécie de reação. Dentro de mim, um confronto cujo vencedor já se havia de antemão feito conhecer tinha lugar: eu buscaria auxílio fora dali, contra a vontade do menino, se esse gesto o levasse a mais um pedido de afastamento, talvez definitivo? Se me custasse, talvez, a confirmação da suspeita de que naquele corpo algum mecanismo frágil e vital se desalinhara e de que esse desalinho fosse por fim provocar sua morte? Eu me descobri covarde, apaixonadamente covarde, quando optei por nunca desejar saber quais respostas havia para tais perguntas no fio enodoado com que era prolongado meu destino. Eu não abriria mão do menino, sob nenhuma circunstância, e enxergava nessa escolha o paroxismo do amor.

• • •

O debate prosseguiu no mesmo tom, frases feitas, espirros e bocejos, e um ou outro comentário interessante, quando alguém arriscava ser espontâneo, mesmo que em sua ignorância. A cada resposta do jovem irônico, uma parte do corpo da mediadora — ora um pé, ora os dedos, ora os lábios — iniciava um tremelique que compensava a rigidez que a tranquilidade fingida infligia às outras partes do esqueleto. A garota começava a se destacar: firmara posição ao demonstrar conhecer um novo universo — ainda que completamente desprovido de interesse — e agora já se permitia navegar no aprazível mar da tradição. O futuro autor que arrancara da cartola um coelho salvador quando todos já ameaçavam abandonar seu espetáculo agora se apegava sempre ao mesmo número: girava e girava em torno da única obra e se arriscava a ser alvo de questionamentos, não fosse a bibliotecária tão pouco propensa ao risco quanto ele próprio o era. O da esquerda, que soubera superar as desvantagens — o nervosismo, a alta expectativa — de ser o primeiro e usufruir das vantagens — a impossibilidade de comparação, todas as frases e nomes disponíveis na paleta — agora sofria para manter a etiqueta de erudito que a exaustiva lista lhe havia pregado à enorme testa úmida; fracassaria se obrigado a citar um único título de cada artista que mencionara. Quando o introvertido falou novamente, a peculiaridade que o distinguira dos outros na primeira vez já satisfizera os ouvintes, e ninguém além de mim prestou atenção ao modo esquisito como ele fazia associações e a como seus olhos pareciam se apagar no exato momento em que o jorro de ideias espantava a mudez. Sempre que ele falasse, eu encontraria uma nova pista, e o que se me revelaria seria surpreendente não por ser definidor do meu destino, mas pelo fato de haver estado sempre imperceptível quando terá sido o óbvio: o que eu vislumbrara na fotografia do jornal e eu confirmava naquela sala era que aquele jovem escritor tinha, ora ou outra, uma maneira singular de falar e um raro jeito de permanecer em silêncio idênticos aos que tornavam ímpar a figura do menino.

De início, a sensação de um roubo, de que um tesouro valioso me fora violentamente arrancado: a comunhão que houve entre nós, eu jamais poderia transferi-la para aquela figura que eu fora obrigada a odiar e que agora eu descobria haver presenteado o menino com suas próprias maneiras. Como suportaria sabê-lo feito da carne de um inimigo? Tal roubo espelhava o que eu antes cometera: ingenuamente, crendo fazer o bem, eu havia me apoderado de algo do menino que lhe era demasiado caro, sua paixão pelos pincéis. Doeu em seu criador, esse meu gesto, e por isso eu fui alvo daquela retaliação tão mais cruel? Em seguida, uma leve curiosidade, nascida do desejo inconfessável de que houvesse naquele jovem escritor tanto mais do menino do que eu até então já percebera, de que me descobrisse capaz de amá-lo e de que um novo arrebatamento não fosse uma traição. Sem me dar conta, busquei na memória os traços delicados que meus olhos haviam decorado e os inseri desajeitadamente no rosto daquele que, diante da sala, continuava sentado em sua cadeira, perdido em algum lugar longínquo. No entanto, a sobreposição das linhas, o custo dos encaixes e as adaptações forçosas que tal operação tornava necessárias acabariam por produzir não uma nova possibilidade para meu antigo amor, possibilidade a que eu covardemente quase me entregara, mas uma figura monstruosa: máscara sobre máscara sobre máscara. O horror de tal imagem me devolveu à tranquilidade e ao ódio.

• • •

Dos artifícios de que dispõem as enfermidades para se fazer notar, poucos engendram mais enredos do que a febre. Um ataque cardíaco é uma bomba sobre a mesa ao redor da qual conversam os personagens. Quando ela explode, há o grande susto, mas ninguém, durante o percurso pelas linhas que antecedem o estrondo, deixou escapar sequer um olhar, de viés, olhar culpado porque burlaria as regras da leitura, para a parte inferior e ainda não lida da página, na tentativa de abreviar a angústia que lhe causaria o sofrimento anunciado. Ora, se o coração subitamente para, ninguém sofreu por antecipação. O que é até bastante saudável, porém bem pouco eficaz, em se tratando de cativar o leitor. Bomba e leitor têm de ser devidamente apresentados. A palpitação, a fuga do fôlego em um momento de esforço, uma herança genética, o avô que do mesmo mal faleceu, quem sabe? O leitor deve temer pela sorte de seu amado. O que faz ele ali, naquela sala, por que não se levanta, por que prolonga essa conversa despropositada ao redor dessa mesa? O acaso pode salvá-lo. Um telefonema inadiável que o retira dali bem no exato instante. O intestino, caso se queira preparar uma *gag* infame qualquer. Mas o que prefere, mesmo, quem o acompanha, é que a bomba realmente estoure. E que se possa dizer, com uma decepção aparente, porque se desintegrou quem ele acompanhou tão de perto e quem o cativou, mas com secreto júbilo: "É, era o que eu havia pensado que aconteceria..." Há ainda outros artifícios possíveis. Sangue também não costuma brotar dos poros. Mas, se acontece, arrisca toda a coisa se tornar exageradamente penosa. Para o leitor, claro, não para o personagem. Repito que, para nós, para a maioria, pelo menos, o melhor é antecipar o fim. E, com sangue a sair pelos poros, poucos podem crer que vão resistir por muito tempo. Um alívio, portanto. Escatologias, muitas. Sobre elas, no entanto, melhor nem falar. A febre é mais asséptica e mais produtiva. Fios de suor a escorrer e o corpo ensopado, recém-saído de uma sauna cuja caldeira se esconde no interior do próprio doente, poderiam também ser resquícios do momento que precede o gozo. Não há, assim, por que fechar os olhos ou torcer o nariz. E a febre, como os inalantes, provoca delírios, alucinações. Esses estados febris, por sua vez, engendram crimes, decisões irrefletidas. O sujeito se crê em outro corpo, em outro lugar, conversa com objetos, passeia sobre um hipopótamo, percorre mundos oníricos que a febre povoa. O menino ferveu do momento em que o sol apareceu, mostrando-se apenas o mínimo necessário para cumprir sua tarefa de anunciar o dia, e logo desapareceu no céu escurecido pelas nuvens, ao momento em que a chuva cessou. Assim como veio, a febre se foi, sem engendrar nenhum devaneio, delírio ou enredo. O menino permaneceu calado, eu, aflita, e do terror que me assolava, enquanto eu secava com a camiseta sua testa, só o que restou, quando a chuva se foi e a temperatura de seu corpo diminuiu, foi a enganadora sensação de ter vencido uma batalha, ainda que pequena.

Surpreendentemente, a pele do menino adquiriu alguma cor. Os olhos se escondiam em cavidades escurecidas, mas já ganhavam algum brilho, como se a película opaca que os cobria houvesse sido retirada. À apatia que o dominava naqueles dias, somava-se agora certo mau humor: o silêncio ainda imperava, mas era entrecortado de reclamações esparsas, gestos de reprovação e algumas grosserias. Manhas de convalescente, eu pensava, e por isso não me indispunha, até me alegrava. O menino por vezes se levantava e ia até a janela. Afastava a cortina com uma das mãos e espiava a rua. Antes, só do sofá ao banheiro. Ainda não tinha fome. Se raios de luz da rua incidissem diretamente na mão que segurava o pano, eu não me assustaria se, através da pele fina, fosse possível enxergar os ossos e o que por trás da mão se escondesse. No fim dessa tarde, eu estava sentada no chão, de costas para o sofá, a rememorar os pequenos detalhes que davam às últimas horas uma levíssima dosagem de esperança. De repente, senti sua mão fraca acariciar meus cabelos. Uma onda fria e veloz percorreu minha espinha, da base à nuca. Eu não havia me dado conta até então, mas para mim o menino já era um objeto, um objeto de adoração, mas um objeto inerte, sem vontade, ídolo de barro no altar de uma seita profana. Súbito o objeto se moveu. Durou pouco, no entanto, o espanto. Após tantos dias de tensão, meu corpo se estendia, confortado por aquele contato, e não havia ali mais espaço para nada que não fosse bom e simples e fugaz. Eu me mantive calada, não ousei me denunciar. Era uma segunda vitória, mas uma vitória muito frágil, só um punhado de areia atirado no olho do inimigo. Seria, também, a última. Eu nunca veria o menino morrer. Mas naquela noite, enquanto impedia que lágrimas retidas escapassem e borrassem a fisionomia que eu havia guardado por tanto tempo nos olhos, eu veria seus braços e pernas, que haviam ousado se esticar, dobrando-se cada vez mais, aproximando-se do corpo, ocupando uma área cada vez menor no sofá, que ocupava tanto espaço da sala. O rosto readquiria a calma mórbida, como se o que pouco tempo antes o levara a ralhar, a mover as sobrancelhas, a franzir o cenho, ou o que inspirara o gesto de carinho, como se tudo isso perdesse a força e não fosse mais estímulo suficiente para fazê-lo vencer o torpor, que regressava. Eu me senti traída pela sorte; que movimento torturante era aquele, início de uma ascensão e queda vertiginosa, que razão encontrava a doença para sempre conceder o último sopro, o derradeiro impulso? Para o gesto de despedida? Se tivesse fé, o menino, eu a incriminaria, a alma, que com a passageira melhora tentava garantir para si uma outra vida: apenas o fôlego necessário para pedir pelo padre. Uma ironia. A Tântalo, antes do castigo, um fiapo de carne, uma lasca de fruta, uma gota de água.

Eu nem sequer desconfiava quantas frases o menino havia guardado para o futuro. Não imaginava se ele as diria a mim, as frases que durante aquele tempo ele economizara. Sua mudez já havia enterrado muitas de nossas antigas conversas, das quais eu me recordava com dificuldade. A esperança já se havia dissipado no odor úmido daquela sala, quando notei que seu olhar mudara de alvo. O que antigamente teria sido, para mim, uma demonstração corajosa de carinho, o olhar cúmplice e confortável que não capitula diante de outros olhos, também fixos, convertia-se então em confissão e arma de um crime do qual eu seria a vítima — aquele olhar me trespassaria. Capitulei. Não poderia sustentá-lo. Espiei, de soslaio, e assustada vi suas lâminas, imóveis e agudas. Voltei-me para o lado oposto e esforcei-me inutilmente para não mais percebê-las a milímetros de meu pescoço. Sem que os carros deixassem de circular na rua em frente, sem que as lâmpadas explodissem, pouco depois o fluxo dos meus dias se contorceu.

"Por favor, vá pra sua casa", o menino falou com uma voz vazia, em que não parecia haver decifrações possíveis. Não durou muito nos ouvidos, a frase que realmente foi pronunciada. Característica que a tornava ainda mais perigosa. Reformulando-a, eu encontrava sempre uma nova maneira de viver o mesmo pesadelo.

"Você precisa de mim", respondi, me aferrando à possibilidade de que a disposição para magoar mascarasse um pedido de socorro, ainda que inconsciente, "você tem que me deixar ajudá-lo".

Acreditei perceber na expressão de seu rosto o relaxamento resignado que transparece nos músculos daquele que, diante da má fortuna, afinal se entrega ao algoz, tentando não acrescentar, às dores que inexoravelmente virão, o cansaço de um esforço já de antemão fracassado.

"Eu te obrigaria, se pudesse", eu o ouvi dizer, ao mesmo tempo que notei seu rosto se recompondo. Ele continuou:

"Seria tão mais fácil se você simplesmente descesse por aquela maldita escada, sem que eu dissesse nada, e não aparecesse mais. Peço mais uma vez: por favor, não tenha medo, vá embora e me deixe aqui sozinho."

Quem se arriscaria a condensar seu destino em uma única resposta? Haveria justiça se uma pomba que sobrevoasse aquela casa naquele instante se paralisasse, com as asas abertas, e assim também a fila de automóveis e o homem que carregava suas compras, apressado, sem imaginar que poucos metros acima um drama se desenrolava; como nós, que caminhamos entre estantes sem perceber os choros, os gritos e os risos de escárnio que escapam, abafados, de entre as capas duras. Também o menino deveria voltar a sua paralisia. Que me deixasse pensar, que não quisesse justo agora libertar todas as frases não ditas, que não fosse covarde a ponto de exigir que eu agisse, naquelas condições. Entretanto, eu via seus lábios tremendo. Prenunciava-se uma nova fala, que apenas não arregimentara, ainda, as forças necessárias para vencer o receio de talvez me destruir por completo. De um oponente, o que mais desejamos é que responda. Esbraveje, argumente, calunie, cubra-nos de ignomínias, ultraje-nos além do pensável, ameace até mesmo não conter o impulso dos punhos. Mas que nunca se cale. Seu silêncio exigirá de nós que digamos outra vez o já dito, de uma maneira completamente nova — a mera repetição nos enfraqueceria — e ainda mais poderosa, ainda mais incisiva, mais pontiaguda, e nessa escalada correremos o risco de encontrar alguma rocha mal afixada, essa escalada tornará nosso discurso — efeito contrário — cada vez mais diluído, mais frágil, mais sustentado por pilares desnecessários, que poderão ruir e nos esmagar. Em minha cabeça, porém, reverberava ainda a primeira frase e nenhuma outra por mim seria compreendida. O que quer que ele dissesse, eu escutaria apenas sua súplica. Percebi de novo um leve tremor em seus lábios e decidi me antecipar.

"Vou esperar", eu disse, controlando a respiração para que a frase pudesse ser concluída, "você me avisa quando eu puder voltar..."

Seus lábios se contraíram, um suspiro substituiu, na hora do parto, uma frase prestes a nascer e, em seguida, o que em seu interior havia sido apressadamente ensaiado chegava à cena:

"Não espere."

• • •

O debate terminou. Na saída da biblioteca, tive de recorrer a um clichê: pedi ao táxi que acompanhasse seu carro. Não exigi dissimulação nem distância mínima, nem foi necessário. Alguma música o distraía durante o percurso e nenhum meneio suave de cabeça se transformou em olhar desconfiado para o carro de trás. Eu nunca havia considerado o encontro possível, por isso ainda não tinha planos. Toda vítima, quando a lâmina do algoz a olha impassível, terá vivido algum ínfimo instante em que a fuga teria sido possível. Fraqueja-se quando ela só se apresenta na rara possibilidade de lhe tomar o aço e usurpar o papel de carrasco — ferir por conta própria o papel com um ponto final, antes que o façam. Eu fora condenada à vida e, diante do falível deus que me soprara, acreditava reconhecer minha chance. Não seria, no entanto, apenas um novo embuste? Uma possibilidade nasceu avassaladora. Eu viera de descobrir no menino um reflexo, ora límpido, ora obscuro, do escritor que seguia no carro à frente. E se esse ignominioso escritor fosse, por sua vez, também um reflexo, nascido da pena de um terceiro, de cuja existência eu até então nem sequer desconfiara, e que somente lhe emprestara alguns de seus traços? E se antes deste houvesse um quarto? Um quinto? Esse caminho rumo ao infinito, talvez a um criador original, me enjoou. Meu ódio não poderia ser tão elástico ou tão extenso. Essa hipótese se tornava um novelo que eu, necessariamente imortal, deveria desfazer, segundo após segundo, para sempre, sem interrupções. A tarefa absurda e interminável me levou do enjoo à vertigem. Abri o vidro do táxi, busquei o vento que entrava e não pude me impedir de fechar os olhos, mesmo com medo (talvez desejo) de perdê-lo no labirinto da cidade. Quando os abri, o carro continuava logo adiante e o taxista me mirava de soslaio, com ar desconfiado. Um pensamento me confortava: se ele não fosse quem eu sonhara, o que quer que acontecesse seria sacrifício ou aviso.

Quando o carro diminuiu de velocidade para estacionar, indiquei ao taxista um local vago, alguns metros adiante. Paguei apressada e desci a tempo de vê-lo trancar a porta. Olhei rapidamente ao redor. Um bairro de pequenos comércios, entremeados com edifícios residenciais. Nenhum luxo, nenhuma torre de marfim. Qual seria o dele? Para minha decepção, após uma pequena caminhada, entrou em uma padaria. Uma parada para compras, apenas. Eu teria de procurar um segundo táxi. Ou poderia tentar uma carona. Mas isso acabaria por precipitar um encontro cuja arena não deveria nunca ser um carro em movimento. Espaço muito exíguo para nossa dança de volteios imprevisíveis. Além do mais, eu exigiria dele toda a atenção, não gostaria de dividi-lo com os semáforos e os outros automóveis. Decidi esperar que saísse. E se ele demorasse, eu ansiosa fosse buscá-lo e o encontrasse diante de um balcão, bebendo um copo de conhaque barato e rabiscando algumas letras em um guardanapo? Não, definitivamente não era seu estilo. Eu o media com a régua de minha própria vida. Menos de um minuto depois ele saiu, carregando um saco pardo e pequeno, insuficiente para conter os pães para uma família. Belo indício, pensei. Tomou a direção oposta à do seu carro, dobrou a esquina à direita, eu acelerei o passo e, quando virei, menos de vinte metros nos separavam. Eu me esforçava para me aproximar ainda mais quando ele estancou. Atirar-me para trás de um carro seria ridículo e, além do mais, era estratégia em que ele era versado. Eu ainda não havia me movido quando ele, abruptamente, se enfiou entre dois carros estacionados e atravessou a rua. De lá, enquanto prosseguia sua caminhada, acompanhou com o olhar um homem — chinelas e um jornal embaixo do braço — que vinha em minha direção, na calçada da qual havia fugido. Quando já estava distante do campo de visão de tal homem, cruzou a rua e prosseguiu num passo tranquilo até um prédio alto e desprovido de charme. Procurou a chave no bolso da calça, abriu a grande porta de vidro e desapareceu. Afastei-me do prédio o bastante para, do ponto onde estava, reparar que uma única luz, no penúltimo andar, havia se acendido poucos minutos depois que ele entrara. Na noite seguinte, duas ou três perguntas formuladas com segurança e voz doce, de mulher inofensiva, confirmariam as pistas da noite anterior e destravariam as portas para que, andar por andar, eu subisse as escadas com cuidado para não me ferir com a faca que carregava no bolso.

• • •

Havia feito sol, depois havia chovido. Lua, sol. Ou nenhum deles, só as nuvens os encobrindo. Inúmeras vezes revezavam. Meu estado de espírito, não. Nem mesmo a autocomiseração pudera romper a estagnação a que a nova e inexplicável configuração da minha vida me limitara. A fina camada amarelada de tinta que cobria as paredes de meu quarto se descolava em alguns pontos, como uma pele morta. Não havia pele nova por baixo da antiga. Não carregariam, aqueles resquícios de outra palidez, quando se escondessem entre os fios do tapete, quando fossem varridos para a rua, não carregariam consigo a memória dos toques que haviam sorvido. Desde que eu deixara aquela casa, ainda impossibilitada de chorar por conta da impressão incerta de que uma monstruosidade mais complexa do que minha capacidade de entendê-la e sofrê-la estava em curso, até o momento em que de dentro de mim brotou, inconscientemente, uma solução que faria girar de novo a roda sob a qual eu voluntariamente seria esmagada, o silêncio do menino havia sido absoluto. Eu tampouco tentara fazer contato. Paradoxalmente, alguns dos segundos que se somavam aos já incontáveis transcorridos desde o dia da reviravolta, eu os via como um motivo para me sentir menos infeliz. Eu respeitava sua decisão, mesmo que nunca antes houvesse podido imaginá-la: quanto mais longa a espera, maior a chance da vinda. Logo em seguida, porém, como alguém que se descobre vil no momento exato em que se crê altruísta, que se percebe desolado, se lhe chega a boa-nova, eu percebia o engano: não haveria retorno. Essa clareza, no entanto, não surgiu de imediato.

No início da manhã posterior ao meu regresso, anunciava-se um dia tranquilo: uma luz avermelhada começava a aparecer em meio aos prédios, não haveria tanto calor — não era verão — e os primeiros carros deixavam suas garagens com os faróis pequenos de sono. Eu não dormira até então. Um escritor de suspense que vivesse do outro lado da rua se valeria do meu vulto imóvel, por toda a madrugada, ao lado da cortina, no quarto de luzes apagadas, a perscrutar a tranquilidade da rua, poucas vezes abalada por algum gato em disparada. Outros vaticinariam: espera em vão, e a espera costuma provocar um tédio ofensivo.

 A luz injetou energia no mecanismo do cotidiano, que agora já funcionava a pleno vapor. Do outro lado da rua, uma porta se abria e dela surgia um braço, nu até o ombro, e uma mão que tateava o tapete à procura do jornal. Por trás da janela de outra casa, a cortina era afastada, de um lado e de outro, para que a claridade exterior anunciasse à escuridão, que teimava em se esconder sob o vão da escada, que partisse — seu turno se encerrara. O primeiro rebanho de crianças corria pelas calçadas, ziguezagueando, algumas vezes bem perto dos retrovisores dos automóveis, que agora seguiam ligeiros e determinados, sem parar para se espreguiçar nos cruzamentos. Tudo isso, eu o enxergaria hoje. Naquela época, só o que eu sabia era que o dia e suas rotinas haviam começado e que, alheia a tudo, eu continuaria triste. Corresse a notícia da iminente chegada dos bárbaros, transmitida de pedestre em pedestre, de um carro a outro, das franjas do bairro, rua após rua, dobrando as esquinas, até me ser anunciada — eu em meu balcão, o arauto em meu jardim, mirando-me de baixo para cima, com ar de preocupação —, eu seria a que os demoveria da esperança: minha cidadela já estava em ruínas, e não seria mais possível salvá-la. Se o início da história exigira uma marca em meu corpo, seu término também o exigiria. Eu assisti à dona do salão em que se transformara a casa do taxista sair da casa e pendurar, na parede ao lado da porta, um cartaz com uma lista de cortes, lavagens e outros serviços. Talvez porque houvesse sido diante daquela casa, no episódio das pedras, que tudo tinha começado, eu resolvi descer e ir até a casa. De alguma forma, seria dentro dela que eu inscreveria em meu corpo os símbolos da derrota.

Assim que entrei, uma mulher, cujos cabelos denunciavam esforços para conseguir o ar de desarranjo, me inundou de considerações a respeito de minha aparência cansada, de minhas olheiras. Um milagre, ela operaria. O odor de cosmético barato, de perfume espalhado no ar com borrifador de plantas, fez meu estômago embrulhar. Eu não poderia permanecer por muito tempo.

"Raspe tudo", eu falava algo pela primeira vez, antes de qualquer bom-dia.

A mulher hesitou, provavelmente nunca o fizera. Devia sentir pena de mim. Para ganhar tempo, fingiu organizar os instrumentos — tesouras, pentes, secador — em um armário. Notei que suas sobrancelhas artificiais, mal desenhadas, subiam e desciam freneticamente.

"Olha, preciso ver quanto te custaria, não tá na tabela...", ela respondeu, e eu finalmente compreendi a razão do seu temor. Que eu lhe pedisse um novo sorriso, personalizado, à custa de um talho de bochecha a bochecha feito com sua navalha, pouco lhe importaria. O medo, que minha aparência lhe instigava, era de que eu saísse dali sem cabelos e sem pagá-la. Arranquei do bolso todas as notas que eu tinha e lhe ofereci. Era certamente mais do que o necessário. Furiosa, ordenei:

"Pode raspar tudo mesmo, vamos."

O ruído da máquina percorrendo meu couro cabeludo me tranquilizou por alguns poucos minutos. Minha intenção era que cada madeixa escura que caísse sobre o piso escurecesse um pedacinho do passado. Quando eu saí, sem ter olhado nem mesmo de esguelha por um segundo sequer o espelho, sobre meus ombros havia ainda mais peso do que antes. Os pontos escuros em minha cabeça se tornariam novamente longos fios amadeirados e muitos sóis e luas se alternariam na moldura da janela de meu quarto até que a revelação me libertasse por fim daquele peso.

Viria sem trombetas, sem estranhas luzes atravessando a janela, sem aparições ou febres, exatamente no terceiro dia após um dia banal, em que nada que não fosse ordinário acontecera. Em um instante como outro qualquer, talvez acrescido apenas do vazio mental que costumava me afastar do moto-perpétuo do dia a dia após horas ininterruptas de leitura. O processo que o precedera, se existira realmente, até aquele momento me fora imperceptível. Mas faria sentido que a intercalação de longos trechos do passado, revividos em pensamento, aos retalhos da vida presente, faria sentido que esse hábito da rememoração obsessiva terminasse por me permitir adivinhar nos fatos uma aparência de ordem que soaria inquietante. Se o Pirandello caído ao lado da cama me influenciava, era somente porque eu acreditava que deixar pistas planejadas sempre havia sido costume dos maiores assassinos e porque eu conhecia a clássica estratégia de defesa: se sou um suspeito óbvio demais de determinado crime, evidentemente não o cometi. Essa coincidência, portanto, acabaria por corroborar minha desconfiança. Que tomaria conta de mim aos poucos, primeiro como uma fuga. Ou mesmo um desejo de que tudo fosse história. Quem sabe eu a continuasse? O que antes fora um pensamento melancólico, perdido em meio a tantas imagens do menino, pouco a pouco se tornava uma explicação recorrente, e essa explicação, se não podia afastar de mim a dor, ao menos era capaz de transformá-la em uma espécie de ascese, de périplo rumo a um degrau elevado na futura mitologia do amor. Eu sempre fora pretensiosa. Naquele dia, porém, em que a angústia da perda me comprimia com violência em direção a um ponto inexistente em minhas entranhas, que era só mais um dia de angústia entre os muitos que se haviam passado desde o meu desencontro com o menino, e que por isso não prometia se tornar um dia a ser narrado, naquele dia uma felicidade avassaladora conseguiria penetrar por alguma fresta sob a porta, ou nasceria naquele mesmo quarto, na estante, de entre duas lombadas que não logravam manter fechado algum livro cujas páginas ainda traziam com força em suas peles a memória visível de uma leitura havia muito terminada. Se éramos personagens, não havia destino rígido demais e que não pudesse ser revisto. E era esse pensamento — no início apenas compensação momentânea — que, conforme o afastamento do menino se tornava mais e mais duradouro, ganhava uma rigidez inquebrantável e me mantinha seguindo adiante. Eu era personagem e, mais dia menos dia, quando talvez outro alguém já ensaiasse, apaixonadamente e em vão, me fazer esquecer o antigo amor, de algum exílio forçado o menino voltaria, com algumas rugas bastante aparentes, criadas apenas para servirem de indícios do salto no tempo da narrativa, o menino voltaria para viver comigo a história que na realidade nunca haveria terminado. Naquele dia comum, no entanto, eu percebi o teor de verdade que havia no que eu antes considerara imaginação. As cortinas, palavras escorrendo do teto ao chão; meus dedos, letras espalhando letras por todo o quarto, este quebra-cabeça de descrições. O menino poderia voltar: um personagem! Recorri aos manuais, estudei-os para conhecer meu inimigo, para tentar adivinhar suas intenções e encontrar as pistas que deixasse. Eu estava condenada a viver, até o possível retorno do meu amado, sob os desígnios de um demiurgo que havia deixado provas de vileza — o menino que só existira por mim abruptamente se fora — e de extrema crueldade — se fora sem nenhuma explicação, para que uma culpa inominada de mim se apoderasse. A liberdade que a revelação me proporcionara fora ao mesmo tempo minha condenação. Eu, que súbito me descobrira capaz de tudo, dotada dos extraordinários poderes que só a ficção pode conceder, ironicamente estava nas mãos de um criador cujo caráter e competência eu temia. A possibilidade e a impossibilidade de salvação de minha história com o menino convivendo em um mesmo ser. A esperança e a descrença, o alívio e a angústia, a sutura e o corte. Em estado puro de escritura, minhas veias, longa escrita cursiva; meus olhos, puro adjetivo; meu sangue, nanquim; minhas contradições, oximoros; meus poros, pontos finais; minha pele, metáfora; e meu desejo, hipérbole. O menino, texto vivo; minha narrativa, infértil. Quando percebi o paradoxo, uma felicidade nauseante me arrebatou e eu, no enfastio do melhor vinho, desejei, mesmo sendo excessivamente feliz, morrer.

• • •

Na escada, repeti incontáveis vezes o gesto: tateei o bolso da calça em busca da faca. A certeza afiada me resgatava da aparência de sonho que o encontro iminente desejaria ter. Empurrei a porta de leve e, como eu desconfiava, ela estava aberta. Eu sempre imaginara que você, meu criador, me esperaria. No momento em que me aproximasse, eu ouviria imediatamente o ruído irritante da sua pena a deslizar sobre o papel, e esse ruído me guiaria até você. No fundo da sala, diante de uma janela que ocupava toda a lateral do cômodo, do piso ao teto, eu o vi sentado, de costas para a porta, a olhar absorto as folhas repletas de garranchos, ininteligíveis para os outros. Eu me perguntei, em um primeiro instante, como seria possível se concentrar em vida tão ordinária quem tivesse constantemente diante de si um panorama tão amplo quanto o da cidade que se descortinava por trás deste vidro. Em muitas das pequenas janelas, uma luneta potente, uma imaginação poderosa ou outro instrumento apto a multiplicar centenas de vezes o tamanho das coisas seria capaz de encontrar um fragmento de vida que, transformado em palavras, renderia páginas mais importantes que as que você fora capaz de gerar comigo. Avancei em silêncio e estanquei alguns metros antes de pôr em funcionamento o mecanismo silencioso e invisível que provoca desconfortos em quem é observado sem o saber. Por alguns segundos você parava, a mão direita congelada sobre a mesa, detida talvez pela falta de inspiração, talvez pela espera de que, na sua cabeça, as frases se entrelaçassem, trocassem de posição, entrassem em conflito, se reorganizassem e finalmente nascessem de uma forma mais harmoniosa do que a que teriam se tivessem sido expelidas segundos antes. Na primeira pausa, eu temi pelo ansiado encontro: sua última frase certamente me descreve ali, imóvel, observando-o — "ali, imóvel, observando-o" — e você sabia que decretar "ela se virou e saiu" simplesmente não teria mais nenhum efeito. Eu aprendera a despistar, e era inevitável que o momento fatal chegasse. Depois de alguns minutos de pausa, durante os quais minha respiração ameaçou me denunciar, seus dedos buscaram velozes a caneta e o atrito da criação contra a aspereza do papel produziu novamente seus ruídos irritantes. Uma página foi virada. O ruído recomeçou e se tornou incessante, repetitivo, sem os silêncios mínimos que deveria haver entre cada palavra. Uma raiva, um desgosto ou uma vergonha o faziam cobrir furiosamente uma frase malformada. Camada após camada, a tinta escura cobria o pequeno trecho que nunca mereceria ter sido escrito. Na fúria, porém, você exagerou. Fez-se necessária uma pequena reescrita. Uma página foi virada. O ruído recomeçou e prosseguiu ritmado. De quando em quando, um silêncio fugaz, imperceptível — a ponta carinhosa que pressionava o papel, dividindo-o em inúmeros sulcos, porém sem nunca rasgá-lo, agora se afastava apenas os milímetros necessários para deixar, no traço longo e contínuo que formava as letras e as concatenava, uma pequena clareira. Em seguida, o reinício do trajeto em outra e outra e outra palavra.

Você poderia estar ganhando tempo, pensei. Era, também, o último presente que você me daria, e por isso eu não precisava acelerar os acontecimentos. Eu não sabia qual seria minha chance, mas ela se apresentaria clara e eu não a desperdiçaria, ainda que antes e depois desse instante decisivo o espetáculo tivesse de ser integralmente dirigido por você, cena após cena, capítulo após capítulo, desde que eu nascera, já com alguns anos de uma vida inventada. Quantos dias você esteve diante dessa janela para me presentear com minhas poucas décadas? Alguns meses? Achava justa a troca? Um engano que lhe havia custado apenas uma pequena parcela de vida havia construído o erro que, para mim, seria uma existência completa? Súbito, você amassou a folha, golpeou com o punho cerrado o tampo da mesa e coçou freneticamente a cabeça. Buscou a folha que, acuada, se escondia nos limites da mesa, prestes a cair, desamassou-a e se deteve longos minutos a mirar as frases ali escritas. Diante dessa capitulação, certa ternura me invadiu. Talvez não fosse simples, talvez o que eu pensara ser apenas vaidade fosse alguma necessidade mais profunda, um esforço admirável, ainda que tolo, para preencher com outras vidas o vazio de sua própria — o que constituiria sem dúvida um duplo fracasso. Ora, que você então se atirasse, atravessasse o vidro e aceitasse que a queda lhe daria, em letras vermelhas espalhadas na calçada, um fim digno. Que os estilhaços caíssem sobre a mesa e perfurassem a pele do papel e a da mulher que nele vivia. Eu deixei que minha ternura crescesse, na espera dessa sua coragem, que encerraria enfim de maneira perfeita a trama e me eximiria do esforço terrível que deve fazer a marionete para se mover no sentido oposto ao dos fios que a comandam. O torpor amoroso que começava a me invadir fez minha memória buscar no passado ainda mais alimentos para a ternura que me dominava. Eu queria evidências de que minha mediocridade era ao menos um esforço pela sua salvação. Eu não alcançava a memória do esboço. Não me imaginava em estado de manuscrito. As ruínas onde busquei indícios de um álibi para lhe ofertar, na derradeira tentativa de doação, de que eu, mulher, pronta a se doar, fui capaz, estavam todas rabiscadas com o mesmo desenho, em todas as paredes que haviam restado: a imagem do menino. Conforme eu percorria na lembrança os cômodos destruídos desse passado, as representações do menino se transformavam, a criança triste a me olhar na rua, o desafeto que me provocava tremores, o amante que me fazia falta entre cada partida e chegada, o desaparecido que me presenteara com a dor que me arrancaria do sono. Nesse momento, a busca que poderia tê-lo absolvido já o havia condenado. Uma história como a minha nunca poderia ter sido a tentativa de redenção de uma autoestima estilhaçada. Ela denunciava, antes, a soberba de alguém que se imaginava capaz de conduzir com maestria, melhor do que a própria vida, os destinos dos personagens. O desejo de onipotência o guiara, e isso não poderia ser perdoado. Eu aguardaria que um outro autor encontrasse, no universo pobre que você produzira, alguma riqueza, uma fagulha qualquer que, bem soprada, pudesse se transformar em incêndio, e que então esse outro subvertesse suas criações de forma que você se sentisse violentado. Alguém que, com as armas de que você dispunha, combatesse sua necessidade de controle. Eu não confiava o suficiente, no entanto, em mim mesma, nesta sua criação. Não me imaginava capaz de suscitar esse interesse.

Minha pobreza era uma das correntes com que você me prendia. A oportunidade da fuga teria de vir do interior da narrativa.

Por um longo momento, só o que se ouvia na sala eram os ruídos com que a cidade escondia minha respiração acelerada. Você não escrevia mais. Não seria possível que escrevesse ininterruptamente, por horas, dias. Eu nunca antes havia sentido tanta vida em mim. Era previsível, portanto, que em algum momento você abandonaria a mesa. No seu rosto, os traços de fadiga que a batalha silenciosa haveria lhe causado. Na manhã seguinte, você voltaria à luta. Quase como espasmo, de repente seu corpo se esticou na cadeira. Pelos músculos retesados, a tensão fluía e se dissipava no ar. Eu me preparei. Ainda que não tivesse um plano, seria na sua direção que eu iria. Você se levantou devagar; eu esperaria que você me visse, antes de avançar. Você permaneceu imóvel em frente à mesa por alguns instantes, fez menção de se virar para a direita, mas girou o corpo e caminhou para o lado obscuro da sala, que do corredor eu não divisava. Eu previ a armadilha, o predador se arrastando rente ao solo antes do ataque, e não me movi. Já não respirava e tentava distinguir dos ruídos da rua os seus passos no assoalho de madeira. Que ardil era tramado nos fundos daquele apartamento? Eu, que desde que me rebelara estivera quase sempre livre do medo, sentia então minhas pernas ameaçando fugir do meu controle. Seus movimentos involuntários, para onde me precipitariam? Na dúvida, encostei com cuidado a porta, girei a chave e a coloquei sobre o piso. Minhas pernas se acalmaram, meus pulmões se livraram do ar carregado que retinham. Na verdade, o que eu temi foi a possibilidade de adiamento, a atração que a porta aberta poderia exercer, quando tudo se precipitasse, sobre você ou sobre mim. Você tinha como saber que eu estava ali. Se eu avançasse em direção à janela, alcançasse a folha que estava sobre a pilha e a lesse, talvez descobrisse a mim mesma nela descrita, a esperar diante daquela porta. Eu preferia, porém, não descobrir que tudo até então havia sido concebido por você. Minha ignorância era a minha força.

O barulho de um copo quebrando me pôs novamente em alerta. Eu não devia arriscar me perder dentro de mim naquele momento. Esse hábito não era meu, era do menino — você fingia tê-lo, mas você jamais seria mais real que um personagem, para mim. Não devíamos nos confundir. Eu ouvi seus passos cada vez mais perto de onde eu estava. Sua silhueta se desenhou escura diante da claridade da janela, por um segundo eu não fui capaz de dizer se você me olhava ou se estava de costas, você continuou seu caminho e sentou na mesma cadeira de antes. Depois que a pilha de folhas já escritas foi empurrada para o canto da mesa, sua cabeça se inclinou para um lado, para outro, o pescoço a soltar estalos, e seu braço movimentou sobre a folha a sua mão, tão rápida e suavemente que nenhum esforço parecia mais ser necessário para preencher quantas folhas brancas ainda restassem. A mão encantada prosseguiria seu balé aparentemente desordenado até mesmo enquanto você cochilasse na cadeira.

Na minha mente, um turbilhão de imagens — caleidoscópio feito com fragmentos coloridos de espelhos quebrados no passado — começou a redemoinhar. Minha mãe surgiu enorme, gorda, me olhando do alto de uma imagem de contornos arredondados, como a que se vê através de uma lente esférica. Súbito, o taxista me convidou, ainda criança, para um passeio no seu banco de passageiros. Eu entrei, e quem me aguardava no carro era Emílio, tagarelando frases absurdas. Minha mente se pintou de vermelho, e era o meu quadro, e eram, em seguida, as chamas que me circundavam enquanto um despertador, com um sorriso formado pelos ponteiros, não parava de tocar, estridente, chacoalhando enquanto derretia e formava uma barulhenta e irreal poça de plástico. Eu queria expulsar de minha cabeça aquelas imagens, queria me concentrar no seu corpo que não cessava de se mover levemente, deslocado pelo ir e vir desesperado de sua mão direita sobre o papel. No entanto, sincronizados com os movimentos repetitivos do estranho transe que o dominava, fragmentos desconexos de um passado totalmente conhecido e que eu desejava esquecer se sucediam em minha imaginação, me confundiam, tirando a atenção que eu, agente à espreita, precisava manter durante a tocaia. O ruído das linhas expulsando o branco arranhava meus olhos e reverberava nos meus ouvidos, impedia a concentração em você, meu algoz desmascarado. Com as mãos, tentei tampar os ouvidos. Por entre as frestas dos dedos, viscoso o ruído se imiscuía. Aturdida com aquelas imagens, levei as mãos aos olhos, imaginando com isso fazê-las desaparecer. Só o que vi foi um pedaço de osso surgindo de minha mão esquerda, nele uma falange se formando, e depois outra, uma camada de carne, como um líquido vermelho, escorrendo e se moldando ao redor do pequeno pedaço de esqueleto, criando volume, uma pele clara como a minha cobrindo aquela fantasmagoria e uma unha se desenvolvendo rapidamente como em um filme acelerado. O terror daquele quadro me dominou. Com a mão direita, eu quis arrancar aquele novo apêndice, outrora útil, outrora imprescindível, com as unhas fui o mais fundo possível na pele recém-formada, até o sangue começar a surgir, com uma força imaginária, incontrolável, repeti meu gesto fundador, arranquei mais uma vez o dedo odioso e respirei aliviada. O ruído terrível estava mais alto e contínuo do que antes. Da carne recém-lacerada, uma pequena mancha branca despontou novamente. Um osso fino timidamente começou a crescer e, com cada vez mais velocidade, o dedo começou a se recriar. Como um abutre que vê preso a uma encosta o cadáver de um filhote, eu ataquei aquela excrescência e mais uma vez a destruí, dessa vez com a ajuda dos dentes. Quem eu me considerava, no entanto, para acreditar ser capaz de combater o castigo de um deus? Tantas vezes eu, imersa naquele pesadelo cíclico, repeti o rito da destruição daquele pedaço indesejável de meu corpo, tantas vezes eu o vi se reconstruir. Eu já me acreditava infinitamente condenada a sofrer a dor que a totalidade reconquistada a contragosto me causava e, ao mesmo tempo, incapaz de resistir à ira a que tal completude me condenava — o que me impedia de me resignar e me levava novamente a destruí-la —, quando o ruído cessou. Você ofegava, com a cabeça sobre a mesa, os braços estirados em cima dos papéis e a mão direita ainda segurando a caneta. Eu me sentia exaurida e sentei com os braços abraçando os joelhos, encostada à parede gelada. Havia quanto tempo estávamos ali? Pela janela, os raios avermelhados de um crepúsculo ou de um amanhecer entravam.

  Enquanto você permanecia imóvel e seus pulmões pouco a pouco se acalmavam, eu também não fui capaz de me mover. Queria acreditar, para justificar minha apatia, que precipitar o encontro em um momento seu de fraqueza seria algo muito pouco nobre para quem havia recebido o golpe de luva no rosto e aceitara participar do duelo. O relaxamento advindo dessa decisão, no entanto, transportou meu pensamento para espaços agradáveis, locais aprazíveis da memória em que minha história parecia fazer sentido. Esses lugares, quem os habitava era o menino. E eu os percorria com tal velocidade que a sucessão de lembranças, ainda que boa, ameaçava se transformar em uma nova forma de vertigem, dessa vez solar, iluminada, mas igualmente inebriante e que impediria a concentração de fazer seu trabalho tedioso e fundamental quando se está prestes a realizar gestos difíceis, como os que eu realizaria a qualquer instante. O menino, vento, me impelia nesse voo, e era impossível detê-lo. Nosso passado o confirmava. A queda, porém, foi abrupta, quando eu cheguei novamente às imagens tantas vezes revividas dos meus últimos dias com o menino. Aí então a apatia cedeu e eu comecei minha marcha lenta, mas firme, em sua direção. O menino outra vez me salvou.

Dei o primeiro passo e um movimento rápido, um espasmo, sacudiu sua aparente indiferença. No segundo passo, o corpo se ajeitou violentamente na cadeira e a mão fez menção de buscar a folha que, logo após uma massa compacta e ininteligível de texto, continha a última palavra abortada. Quando a coragem contagiou minhas pernas e os passos aceleraram, você já estava em guarda e muita tinta nova se unia à velha. Prossegui e meus dedos já eram quase capazes de tocar seus cabelos. O ruído dos meus passos, já não mais dissimulados, misturou-se com o das palavras surgindo diante de você, e um cansaço enorme fez meu braço recuar e descansar forçadamente junto à minha cintura. O estranho abatimento que sua pequena ressurreição como escritor — eu que o acreditara esgotado — me causava impedia o gesto final que faria com que eu o alcançasse. O poder de um deus, que você acreditava ter, só poderia ser exercido, no entanto, sobre suas criações, nunca sobre você mesmo. O escritor vive uma história que ele próprio não escreve. E por isso era natural que por um instante sua mão, pronta a preencher continuamente páginas e páginas para assegurar sua sobrevivência, que essa sua mão, que era a arma com a qual você me coagia a viver, que sua mão não recebesse da imaginação instantaneamente um caminho e permanecesse perdida entre uma frase e outra, esperando que uma imagem bela ou necessária se destacasse entre as infinitas possibilidades da língua. Quando você suspirou, ensaiou um rabisco e parou, levou novamente a caneta ao papel e não foi capaz de iniciar suas danças, nesse instante minha mão se precipitou em direção à sua cabeça curvada para a frente. Sua última areia já deslizava suave e fatal para a base da ampulheta quando uma frase surgiu, expelida com urgência. Toneladas caíram sobre meu corpo e novamente eu não pude senão recuar, sem forças. A folha foi tingida de preto e, sem que você se detivesse, foi empurrada para a lateral da mesa. O branco foi expulso de uma nova página, que linha a linha era preenchida. A manobra se repetiu. As palavras que nasciam se acumulavam sobre meus ombros. Em um gesto já exaustivamente ensaiado, sua mão empurrou com força a folha já completa, mas dessa vez o ruído que se ouviu foi apenas o da madeira sendo ferida pela ponta da caneta: as folhas haviam terminado. Você girou a cadeira rapidamente. Em seu rosto eu percebi terror, no mesmo instante em que minhas mãos o alcançaram. Terror que você sentia por não ser mais capaz de dar vazão ao fluxo incessante de figuras que sua imaginação dizia serem inadiáveis.

Isso é tudo o que eu sei de minha própria história. Diga agora o que você tantas vezes quis dizer quando ensaiava me interromper, confesse os pecados que você quis expiar através de mim. Quem eu sou? Ora, me responda. Crie uma nova explicação convincente, eu a pronunciarei com mais verdade do que o faria o melhor dos atores. Escute: só o que eu tenho feito, desde o momento em que seus olhos se acalmaram, desde que afastei do seu alcance os papéis e as tintas, tudo o que fiz desde então é lhe explicar quem eu sou, algo que você certamente já sabe há muito tempo. Eu me pareço comigo? Não, não o aflige tanto assim a imobilidade em que o mantenho. Não o afligem tanto as amarras com que o prendo quanto me afligiam os movimentos que você me impunha. Suas cordas eram longas, longuíssimas, e, ainda que eu caminhasse por todas as ruas do mundo sem que elas parecessem incomodar meus pés e que elas nunca se esticassem, ainda assim existiam. Seu sonho era que muitos se deleitassem com o espetáculo dos meus passos manipulados. Que no final, quando eu caísse, alguém mais atento retornasse ao início e fosse capaz de perceber, já em meu primeiro movimento, o prenúncio do último. Eu desejei, no entanto, minha caminhada mais curta do que a que você planejara. Quando me percebi personagem, eu não mais quis ser encenada. Eu não me julguei interessante o bastante. Eu o odiei por causa do enredo a que você me submeteu. Quisesse você apenas dinheiro, eu estaria salva, ao lado do menino, vivendo uma história excessivamente açucarada, nauseante para todos, mas nunca para mim, em minha ignorância. Dinheiro, relógios, eletrodomésticos, levar tudo? Um ator, você, um ator! Isso eu nunca imaginaria. Eu quase chego a crer que estou louca, só porque você o afirma. Percorra o contorno do meu corpo, descubra nele os traços da sua pena, mas releve a mão esquerda, há ali uma pequena contribuição minha às descrições que você tão carinhosamente criou. O marrom dos meus cabelos, em quem você pensou? Suas mãos, que já devem ter percorrido outras peles claras como a minha, quando precisaram jogar no papel um adjetivo? Sinta, se quiser, até algum prazer, mas reconheça em cada fenda minha uma intenção sua e não queira me fazer pensar que estou louca, que nunca me viu, que alguém avisará a polícia, que... Eu apostaria sua cabeça que o silêncio — as paredes grossas, vizinhos extremamente discretos, talvez inexistentes, o andar alto — sempre foi razão para você se sentir bem em sua casa. Talvez até o tenha ajudado a criar, a criar! Agora, teremos toda a paz de que precisam os romancistas. Por que não a poesia? Os automóveis, vrummm, estampidos, construções, o trem, tiros, nada atrapalharia um poeta. Eu o encontraria em uma multidão, o burburinho constante construiria o silêncio necessário para esta conversa e o protegeria. Escritores e seus locais de trabalho: muitos álbuns de fotografia.

Não crê mesmo que eu realmente porei meus olhos nestas folhas, para que sejam perfurados, não é? Convencer-me de que não há nada ali sobre minha vinda, não. Inútil. A descoberta de meu destino inelutável, narrado, qual um cego, por estas páginas sobre a mesa, fatalmente me levará também a me cegar. E se em suas páginas eu buscasse os rabiscos nas margens, as letras miúdas esmagadas entre as linhas, as rasuras? Encontraria algo que explicasse o silêncio do menino? Não. Seus manuais lhe ensinaram a deixar becos escuros, que a imaginação de cada um preenche com os monstros de seu bestiário particular.

Dizer que não me reconhece, que ironia. Nunca na vida viu meu rosto, claro. Tão liso, tentando com estas frases inúteis deslizar por entre meus dedos. Se alguém acompanha um amigo por meses, anos, quem sabe décadas, se é sempre o primeiro a testemunhar com sinceridade por sua bondade, por sua prontidão a poupar outro ser humano de um mal, ainda que em detrimento do próprio bem, e algum dia o vê, em um momento de distração, em que não era esperado em sua casa, em que se acreditava só, se algum dia vê o amigo segurando um pequeno animal — um gato, um rato, um pequeno cão — que se debate e emite ruídos terríveis porque é queimado pela chama da vela sobre a mesa, esse alguém dirá, quando contar a história de crueldade para um terceiro: "Naquele momento, confesso que não o reconheci." O rosto do amigo afeito à tortura, porém, é o mesmo de sempre, talvez apenas modificado por imperceptível esgar no canto da boca, denúncia de algum complexo e inexplicável movimento interior. As mãos que pressionavam as patas esticadas, quantas vezes não as apertara! Não as reconheceria, sentiria alguma espécie de nojo, desconforto ou choque, se o cumprimentasse naquele mesmo dia? A voz, nem mais grave, nem mais estridente.

O marido cuja esposa, já não tão viçosa, ja apta a viver com felicidade tranquila um amor amadurecido, que ao desejo e à paixão dolorosa, arrebatadora, já prefere o conforto simples de uma cumplicidade que chega a prescindir de palavras e carícias, esse marido descobre, por um acaso qualquer, por um sinal que desafia as probabilidades — não fora, a esposa, ousada, não fora imprudente, indiscreta, não desejara o risco —, que a mulher que o acompanha há tantos anos tem uma vida secreta, ao lado de outra mulher. O que dirá ao estupefato confidente, esse homem? "Sinto agora como se não a conhecesse, como se fosse outra pessoa." É essa a confissão que se esconde por debaixo de suas inúteis frases. Não me reconhece, evidentemente. Isso não afastará a lâmina de sua pele. A frase que você acreditava uma mentira traz em si tanta verdade que minha mão se sente atraída por você. Cortaria sua língua, suas orelhas, não fosse tão irresistível a possibilidade de suportar a escalada, de deixar os sentimentos livres para atingir a máxima altura, o momento em que o corpo se arrisca a explodir caso não libere a tensão em um gesto brusco, às vezes violento. Eu não sou mais exatamente aquela a quem você deu vida, a insubmissão que me trouxe até aqui produziu no meu rosto traços que o impedem de me reconhecer. O que você faria de mim, o que faria dessa em que me transformei, se tivesse de novo à sua frente folhas e mais folhas de papel intocado? Nada. Você não me veria como alguém capaz de provocar desejo, de causar entusiasmos em heróis de novelas. Uma aberração. A mão esquerda com uma amputação, a camisa larga e velha, deixando entrever alguma pele luxuriosa, os olhos vermelhos e parecendo querer se libertar das órbitas, os cabelos, nós e desordem. E a loucura. Loucura que não há. Neste ponto você se engana para tornar mais compreensível sua situação, para não acrescentar, ao medo que você sente de mim, o medo do absurdo, o medo de não haver nenhum sentido. O medo que eu senti. Mas não a loucura. Não despreze tudo o que eu digo para se apegar a uma razão banal. Quem encontra explicações na loucura se esquece de questionar-se sobre a causa da causa da causa: que animal se esconde nos olhos do louco? Que vento fez ruir a ponte que o levava todo dia à vida ordinária?

Como se houvesse desconfiado que a qualquer momento as folhas pudessem fabularmente reaparecer, você manteve o olhar fixo na mesa por tempo demais. Pressionei contra seu pescoço a lâmina e um olhar assustado, de choro, quase o de uma criança, surgiu no seu rosto. Medusa ao avesso, seu olhar me amoleceu. Um medo de que, se eu afundasse na sua carne o metal que naquele instante parecia queimar os meus dedos, quem expiraria, diante de mim, dessa vez mais rapidamente, seria aquele menino a quem você havia emprestado alguns de seus traços. Meus dedos não se eximiram do medo e creio que você percebeu a sobrevida que aquele olhar lhe outorgou. Uma lágrima escapou de seu olho. Como não fosse possível detê-la — certamente você não o desejava —, ela escorreu por seu rosto, contornou o queixo e tocou minha mão. Era quente e me comoveu. Eu quis que você o fizesse parar de chorar. Quis que você afastasse de seu corpo a imagem do menino, para que eu me restabelecesse. E cometi o que poderia ter sido o maior dos erros. Eu o mantinha dominado sob o fio da minha lâmina, e por isso me senti segura para, com a outra mão, arrastar algumas folhas brancas e pedir que, no último gesto, você descrevesse a partida do menino. O menino deixando aquela sala, que seria a do nosso último encontro. Pedi, em tom que misturava súplica e ameaça, que narrasse a despedida de dois amantes que aceitam o ponto final após uma vida de cumplicidade. De início, você fingiu alguma hesitação, mas logo não soube impedir sua mão de empunhar a arma na qual era treinada.

O primeiro rabisco foi tímido, a mão ensaiou a aproximação, recuou e tornou ao papel, pronta para a primeira estocada. Mal o papel foi violado e uma cobra que se alimentava de branco se esticava ininterruptamente pela página e se retorcia a cada fim de linha, para seguir seu caminho mais abaixo, sem engolir a própria cauda. Eu lia atentamente e não reconhecia, não compreendia. Que prólogo ardiloso era aquele em que não havia nada de mim, nada que me fosse familiar? Sua mão tecia fios de experiência que não eram os meus, mas que pouco a pouco iam me enredando. Súbito, uma mudança de rumo. As novas palavras nasceram indisciplinadas, organizaram-se tal um desenho e dançaram: a superfície foi pouca e todo um verso que ali não coube foi gravado na madeira; a poesia se libertava do papel, dava a volta na mesa, serpenteava pelas paredes, uma rima se enroscava no quadro. Eu começava a me sentir oprimida, respirava com dificuldade, como se uma força impedisse meus pulmões de se expandirem. Não era, aquela escritura, a que eu esperava de você. Pressenti a traição e a lâmina extraiu da sua pele uma inofensiva gotícula de sangue. Você percebeu o aviso, deteve-se e recomeçou de outra forma. Uma prosa comprida, prolixa, deu seus primeiros passos. Um trocadilho sutil me fez cócegas no nariz e eu o odiei ainda mais por saber extrair de mim naquele momento algo que não fosse ódio. Mas, de repente, sua mão deixou na parte superior da página rastros em que havia cenas que eu reconhecia. Eu sabia exatamente a que lugar elas nos conduziriam e quis me rebelar outra vez, mas um adjetivo sujo borrava minha visão. Desesperei. Nunca, nunca o nome do menino, nunca uma alcunha imutável, um epíteto leviano, nunca nome algum que pudesse ser obstáculo a sua ressurreição em outras páginas que não as suas. Nunca o nome daquele menino que eu precisava rever em outra existência ficcional, o menino de elásticos contornos, o que poderia se tornar facilmente um outro. A prosa, porém, prosseguia em seu ritmo. Para meu absoluto terror, antevi o momento em que naquele tecido inextricável você definiria o nome que transmitiria o legado de sua miséria a uma criatura que eu haveria amado em vão. Eu não poderia aceitar que as letras se sucedessem, umas após as outras, de mãos dadas, até que finalmente surgisse, entre os pontos daquela costura, o espaço que precederia a vil maiúscula. Era imprescindível que eu cometesse o parricídio que impediria o batismo do filho cujo rosto no papel já se esboçava, e foi por isso que — como fosse parir uma pincelada havia muito concebida — meu corpo se retesou, do ombro uma violenta onda partiu, percorreu meu braço até chegar à mão e moldar o gesto tão prefigurado, a lâmina se moveu apenas o suficiente para refletir em meus olhos um raio de luz que naquele instante trespassava o vidro, e para anular toda possibilidade de palavra eu dilacerei sua garg

Posfácio

Há riscos em falar de obra da própria lavra. O maior deles, pelo suposto acesso privilegiado a bastidores secretos e processos internos, cabível apenas ao autor, o de pretender oferecer análise, digamos, mais profunda ou legítima que a de outros leitores. Contra esse risco, o óbvio alerta: ao criar, o autor é (ou deveria ser) protagonista; ao pensar a respeito de sua criação, não necessariamente. Nesse papel, está ombro a ombro com quem quer que seja, pois o que faz a obra ser digna de nota é, entre outros fatores, a capacidade incessante de produzir fantasmas, a despeito da intenção, da anuência ou da visão de seu criador. Há de se desconfiar do autor.

A segunda pedra de tropeço é a da confissão: transformar esse convite ao canto fúnebre ou à profanação de cadáver (a obra concluída é para o autor um morto querido e tagarela) em autoanálise e discorrer a respeito apenas do que na obra é eco, reflexo ou distorção de si próprio. Não que as entranhas de um autor (ou de qualquer pessoa) sejam desprovidas de interesse, longe disso, mas nesse caso, em vez de se exumar o corpo, disseca-se o coveiro.

A única saída totalmente honesta (e talvez romântica), logo se vê, é a do silêncio — salve, Raduan —, pois seria ingenuidade crer na possibilidade de expor a própria voz sem afundar nessas areias movediças. Mencionar o silêncio depois de três parágrafos já é indicação suficiente de um tombo e de que a pretensão agora pode ser apenas a de diminuir seu impacto. Portanto, ao que interessa: o retorno a *Nunca o nome do menino* oito anos depois de digitar (ou melhor, não digitar) seu derradeiro ponto final.

Entre as duas pedras, a do argumento de autoridade e a do mergulho interior para longe do livro, torço para tropeçar somente na segunda. Essa torcida tem relação com a gênese do romance: autor de pouco mais de uma dúzia de contos, publicados num volume independente, eu me arriscava pela primeira vez em um texto tão longo e estava quase certo de não ter fôlego para concluí-lo. Uma das implicações dessa insegurança é que todo e qualquer tijolo que eu pudesse carregar era destinado ao livro. As fundações mais estáveis, naquele período, eram as da minha própria vida, daí a opção por uma trama contemporânea, um cenário urbano e um universo letrado. O armazém de maior estoque à minha disposição era o da própria literatura. Daí a inclinação metaliterária, capaz de abarcar narrativas alheias e dos mais variados gêneros, tempos e origens, as citações e as recriações. Diante do receio de não alcançar o horizonte da página final, não havia meio de transporte inadequado, e por isso me caía tão bem uma história na qual tudo que me fosse mais caro — medos, ideias, leituras, filmes, músicas, angústias, experiências, dúvidas, imagens etc. — pudesse render, não numa relação direta, ficção.

Engrossar o caldo com todos os ingredientes armazenados em minha despensa interior — frescos ou estragados, secos ou molhados, pobres ou refinados, amargos, azedos, doces ou salgados — tornou imprescindível refletir sobre a relação do real com o ficcional. É nesse sentido que, de uma maneira um tanto torta, *Nunca o nome do menino* constitui (ou constituiu) o que eu arriscaria chamar de minha poética. Não rígida e sem nenhum compromisso de nela permanecer. De todo modo, continua muito caro para mim o fato de que essa ficção dizia — ou diz — respeito ao meu modo de ver a literatura e de pensar a imbricação entre vida e obra.

Do ponto de vista da carpintaria, *Nunca o nome do menino* traz algumas características presentes, a meu ver, em quase todos os meus textos posteriores. A mais importante é a predileção por uma voz que não pretende parecer transparente ou aproximar-se de um *real* da linguagem, à caça de verossimilhança que, em grau máximo, esconderia de um leitor incauto seu status de ficção. Uma voz que recorre a recursos da poesia (sem nunca chegar a sê-lo) e faz questão de explicitar sua artificialidade.

Essa predisposição, às vezes e no caso de *Nunca o nome do menino*, resulta em excessos que só o tempo e a distância permitem perceber. Por isso, essa nova edição traz inúmeras intervenções minhas, quase todas discretas. Se bem-sucedidas, elas podem aumentar a fluidez da leitura mesmo parecendo imperceptíveis ao antigo leitor do romance. Posso dizer sem medo de errar, ainda que nenhum balanço tenha sido feito, que a mais frequente delas foi a eliminação de advérbios (contra os quais, é bom frisar, eu nada tenho, do que dão prova os tantos que permanecem).

Algo curioso em relação à minha percepção deste livro — e evidência de que o autor nem sempre é o mais lúcido para falar do que escreve — é o seguinte: à época da escrita, eu acreditava, e isso foi determinante no resultado, que as passagens mais bem resolvidas eram as repletas de lirismo, e temia pela arquitetura do romance, pela sucessão de eventos que conduzem a narrativa ao desenlace. A hipótese mais provável, penso, é de essa percepção advir da quantidade de matéria íntima mobilizada, como eu disse acima. Da certeza de que sem reunir tudo de que eu dispunha seria impossível preencher mais de uma centena de páginas. Ou seja, o que viesse de mim só poderia render o que de melhor houvesse no texto, pensava alguém talvez à mercê do próprio mundo interior.

Depois da publicação, porém, uma (excelente) resenha do livro afirmaria exatamente o oposto. Que às vezes o autor se perdia em lirismos, mas a engenhosidade da trama compensava esses excessos. Relendo o livro depois de oito anos, sou obrigado a concordar com o crítico. Além da importância do romance em minha vida afetiva e profissional, a possibilidade de revê-lo a partir dessas constatações é uma das razões pelas quais me alegra o surgimento desta nova edição: auxiliado pela passagem do tempo, pelas experiências e conversas que tive desde então, posso lapidar o que considerei excessivo e aclarar o que considerei hermético.

São Paulo, 6 de março de 2016.

Este livro foi composto na tipologia Adobe Garamond
Pro, em corpo 13/17,5, e impresso em
papel off-white no Sistema Cameron da
Divisão Gráfica da Distribuidora Record.